Raoul de Houdenc

Meraugis de Portlesguez

Raoul de Houdenc

Meraugis de Portlesguez

Réimpression inchangée de l'édition originale de 1869.

1ère édition 2022 | ISBN: 978-3-36820-776-2

Verlag (Éditeur): Outlook Verlag GmbH, Zeilweg 44, 60439 Frankfurt, Deutschland
Vertretungsberechtigt (Représentant autorisé): E. Roepke, Zeilweg 44, 60439 Frankfurt, Deutschland
Druck (Imprimerie): Books on Demand GmbH, In de Tarpen 42, 22848 Norderstedt, Deutschland

MERAUGIS

TIRÉ A PETIT NOMBRE.

MERAUGIS
DE PORTLESGUEZ

ROMAN DE LA TABLE RONDE

PAR

RAOUL DE HOUDENC

Publié pour la première fois

PAR H. MICHELANT

AVEC FAC-SIMILE DES MINIATURES DU MANUSCRIT
DE VIENNE

PARIS

LIBRAIRIE TROSS

5, RUE NEUVE-DES-PETITS-CHAMPS

1869

INTRODUCTION

———

LE *premier devoir d'un éditeur, nous ne l'ignorons pas, est de signaler au lecteur l'importance de l'œuvre qu'il publie et le mérite de l'auteur ; nous ne voulons pas nous soustraire à cette obligation ; mais Raoul de Houdenc et le roman de Méraugis ont été déjà l'objet de diverses appréciations que nous ne rappellerons pas, parce que le dernier travail que lui a consacré un des critiques les plus éminents de l'Allemagne résume tout ce qu'on avait écrit antérieurement sur ce sujet. Dans un mémoire lu à la section d'histoire et de philologie de l'Académie Impériale de Vienne, et publié en 1865, Ferdinand Wolff a passé en revue et discuté toutes les opinions émises sur l'auteur avant lui ; une seule question, celle de l'origine et de la patrie de notre trouvère, semblait pouvoir encore soulever diverses objections ; mais elles ont été tout récemment abandonnées par M. Scheler dans la préface qu'il a mise en tête du Roman des Eles. Il nous suffira donc aujourd'hui de joindre au texte quelques observations préliminaires empruntées à des travaux qui, publiés à l'étranger, sont en général* peu connus des Français, surtout quand il faut aller les chercher dans des recueils considérables. Aussi renverrons-nous le lecteur curieux de détails au mémoire de Wolff et à la dissertation du savant belge, nous réservant de ne traiter que les points indispensables pour servir d'introduction à l'œuvre la plus remarquable de Raoul de Houdenc.

Huon de Mery, qui a écrit vers 1228 un poëme allégorique intitulé Le Tournoiement de l'Antechrist, signale dans ses vers Chrestien de Troyes et Raoul comme les poëtes qui ont manié avec le plus de talent la langue française :

> Moult mis grant force à eschever
> Les dis Raoul et Crestien,
> Qu'onques bouche de crestien
> Ne dist si bien comme il disoient.
> Mais quant il distrent, il prouvoient
> Le biau françois trestout à plain.....

Que faut-il entendre par là? S'agit-il seulement de la pureté du langage? Pour nous, nous sommes porté à croire que le beau français comprenait toutes les qualités qui constituent le talent de l'écrivain. Raoul occupait donc parmi ses contemporains, de leur aveu, un rang distingué comme poëte, et sa naissance doit jeter quelque lustre sur le pays, sur la province, qui l'ont vu naître ; aussi, comme il existe plusieurs localités qui portaient le nom de Houdenc, en Normandie, en Picardie, et même dans le Hainaut, à l'aide de textes mal interprétés, la Belgique avait cru pouvoir revendiquer notre trouvère comme un de ses enfants, jusqu'au moment où

la critique judicieuse de M. Scheler, le dernier
de ses éditeurs, a détruit cette illusion par le té-
moignage même de Raoul, qui, dans la Voie de
Paradis, *se donne comme originaire de Picardie.*
Il ne resterait donc plus qu'à déterminer quel est
son lieu de naissance parmi les villages de cette pro-
vince qui portaient le nom de Houdenc. Malheureu-
sement on manque de documents pour arriver à une
solution complète, et Hodenc l'Évêque, Hodenc
en Vimeu et Hodenc en Bray pourront un jour se
disputer un honneur dont ils se sont montrés peu
jaloux jusqu'à présent. Ce ne sera peut-être pas le
seul point de ressemblance de Raoul avec Homère,
« si parva licet componere magnis » (nous ne par-
lons que du poëte, et non de son œuvre), car lui
aussi il a mené une vie errante et vagabonde.

> ... Je vieng de Sassoigne
> Et de Champaingne et de Bourgoingne,
> De Lombardie et d'Engleterre.
> Bien ai cerchie toute terre...
>
> (Le Songe d'Enfer, éd. Jubinal, II, 396.)

Telle est sa réponse aux interrogations de Belzé-
buth, et, lors même qu'il y aurait quelque exagéra-
tion dans ces paroles, on peut facilement admettre
qu'il fut un de ces ménestrels errants, nous dirions
presque faméliques, qui s'empressaient de visiter les
cours et les châteaux où se célébraient des fêtes et
des tournois. On voit que c'est à la générosité des
chevaliers et des princes qu'il devait ses moyens
d'existence, car de toutes les vertus celle qu'il loue
le plus, c'est la libéralité; il la vante sans cesse, et.

tout bon chrétien qu'il soit, il va jusqu'à recommander une des coutumes du royaume d'enfer qui lui paraît des plus louables :

« C'est qu'il menjuent à porte ouverte ;
En France, chascun clot sa porte...
Mes en Enfer à huis ouvert
Menjuent...
De la costume que il ont
Me lo...
                    (*Le Songe d'Enfer*, p. 395.)

Dans le Roman des Eles, *dans* Méraugis, *il renché rit encore sur cet éloge de la libéralité. Largesse est l'aile droite de la chevalerie ; elle a sept plumes ou pennes, dont la description a pour but d'en faire ressortir le mérite. Le vrai chevalier doit donner hardiment, sans limite, sans hésitation ni réflexion ; il doit donner à tous indistinctement, sans se croire dispensé par son mérite de se montrer libéral ; il doit tenir scrupuleusement ses promesses, ne jamais témoigner de regrets de sa prodigalité, et tenir table ouverte. La courtoisie, dans l'opinion de Raoul, n'occupe que le second rang, et ne représente que l'aile gauche ou senestre, et il revient encore à son thème favori par le blâme qu'il déverse sur les envieux dont les observations tendent à restreindre la largesse des chevaliers. Tel devait être et tel était souvent en effet le refrain de ces pauvres trouvères, qui n'ayant pour moyens d'existence que les dons et les cadeaux des seigneurs, cherchaient à provoquer leur générosité par tous les artifices possibles. Quelquefois même, dans leur dépit et leur colère de voir frustrer leurs convoitises, comme nous l'apprend Lam-*

bert d'Ardres (Ch. CXXX, p. 3io, Ed. G. de Me-
nilglaise), ils ont puni par le silence des chevaliers
qui, asseȝ téméraires pour se reposer sur l'éclat de
leurs prouesses, avaient dédaigné d'acheter une re-
nommée qu'ils auraient acquise facilement par le
don d'un manteau, d'une cotte ou d'une fourrure.

Cette vie errante de trouvère, semblable à celle
des jongleurs, devait être moins favorable à la
verve poétique que celle des poëtes en titre d'un sou-
verain, d'un prince ou de quelques grandes dames
qui se faisaient gloire d'encourager les lettres; elle
nous explique le petit nombre d'ouvrages attribués
à Raoul de Houdenc. Ils se réduisent à quatre, cinq
au plus, si l'on peut justifier l'hypothèse, très-judi-
cieuse à la vérité, de M. Mussafia : trois petits
pcëmes allégoriques : le Songe d'Enfer, *la* Voie de
Paradis, *qui s'y rattache, le* Roman des Ailes, *et*
un ou deux romans d'aventure : Méraugis de Port-
lesguez *et la* Vengeance de Raguidel, *sinon en en ·*
tier, du moins la seconde partie, connue aussi sous
le nom du Chevalier à l'espée, *dont nous possédons*
deux rédactions. Mais, lors même qu'on dénierait la
paternité de ce dernier poëme à Raoul, il n'en reste
pas moins certain qu'il joue un rôle important,
unique peut-être, dans l'histoire de notre littérature
au moyen âge. Par Méraugis, *roman d'aventure*
ou de la Table Ronde, il se rattache au mouvement
épique de la période antérieure, qui a trouvé dans
Chrestien de Troyes son plus brillant représentant;
par ses autres poëmes, il inaugure en quelque sorte
le règne de la poésie allégorique, qui continuée avec
un certain mérite par Huon de Mery, Rutebeuf et

quelques autres, vient aboutir au Roman de la Rose, *la production la plus connue, la plus vantée du moyen âge, bien qu'elle ne représente qu'une phase de décadence et qu'elle ne mérite ni le bruit ni l'éclat dont on l'a environnée.*

En France, comme chez toutes les nations où la littérature a suivi son cours régulier, la muse épique célébra d'abord les exploits de Roland, de Charlemagne, comme elle avait chanté sous d'autres cieux ceux d'Achille, d'Agamemnon, de Siegfried, de Dietrich de Berne, d'Attila, etc. Plus tard, à ces chants barbares elle fit succéder des accents moins rudes, lorsque la langue se fut adoucie avec les mœurs. Dans ces cours brillantes de Champagne, de Flandre, de Hainaut, où se jugeaient les questions d'amour les plus subtiles, quel ménestrel mal appris eût osé réciter ces chansons de geste, où les femmes occupaient un rang si infime? qui se fût permis, en présence de ces jeunes et belles princesses dont on recherchait la faveur, de répéter les grossières paroles que le vieil Aymon ou Girard de Roussillon adressaient à leurs compagnes? On commençait à se fatiguer du récit des interminables combats que se livraient les Sarrasins et les héros chrétiens; le souvenir des luttes nationales qui avaient donné naissance à diverses chansons de geste s'était éteint; à des guerriers farouches on substitua des chevaliers braves aussi, mais courtois, tendres et empressés; car, au XII° siècle déjà, on ne craignait pas de

Peindre Caton galant et Brutus dameret.

Cette nouvelle route une fois ouverte, on ne s'ar-

rêta plus; les poëtes, cherchant à renchérir les uns sur les autres, poussèrent jusqu'à la quintessence la plus raffinée les qualités de leurs héros, et l'on en vint enfin à supprimer les individualités pour personnifier les vices et les vertus dont ils offraient les types. Raoul fut un des premiers à suivre cette voie, et si dans ses trois poëmes allégoriques on voit agir et parler Avarice, Orgueil, Repentir, Courtoisie, Largesse, l'on ne doit pas perdre de vue que, dans Méraugis, les vertus chevaleresques sont portées à leur plus haut degré. Remarquons en outre qu'en France surtout, cette tendance de la littérature s'appuyait sur le mouvement qui s'opérait en même temps dans les études philosophiques.

La querelle des réalistes et des nominaux agitait alors les esprits et divisait le monde savant. Les poëtes y prirent part, à leur insu sans doute, en donnant la réalité et la vie à de pures abstractions, à des créations idéales, et c'est peut-être sous cette influence que chez nous la poésie allégorique atteignit, dans le Roman de la Rose en particulier, un développement qu'elle n'obtint jamais chez les autres peuples. Le rôle qu'y joue notre trouvère lui assigne donc une place distinguée dans la littérature du XIIIᵉ siècle, au jugement des contemporains, qui exaltent son mérite et son talent à écrire « ie beau français ». Par cette expression nous n'entendons pas simplement la pureté, la correction de la langue, la justesse de l'expression : en un mot, ce que nous appelons le style (observation qui fera peut-être sourire le lecteur peu versé dans

*la littérature de cette époque). Comme nous l'avons
dit, nous croyons qu'il faut encore comprendre l'in-
vention et le fonds des idées, l'arrangement des dé-
tails, en un mot tout ce qui caractérise une œuvre
littéraire. Raoul les possède-t-il réellement? Ce se-
rait là l'objet d'une recherche délicate et pleine d'in-
térêt ; mais nous devons nous borner à une appré-
ciation rapide du poëme de Méraugis, sans essayer
d'aborder une question générale qui comporte un
examen détaillé hors de sa place ici.*

*Lorsque Raoul écrivit Méraugis, les récifs de la
Table Ronde, soit en vers, soit en prose, avaient
rejeté au second plan toutes les productions ne se
rattachant pas à ce cycle qui réalisait d'une façon
si merveilleuse l'idéal de la chevalerie errante : rien
n'était plus naturel que d'aller y chercher des in-
spirations ; quant au modèle, on ne pouvait en trou-
ver de meilleur que Chrestien de Troyes, et c'est
celui dont Raoul se rapproche le plus. Son choix,
il est vrai, ne lui laissait plus la liberté absolue des
caractères ; ils avaient été tracés d'une manière si
frappante qu'il fallait absolument les adopter tels
qu'ils avaient été présentés d'abord. Raoul tourna la
difficulté habilement en plaçant au second rang les
personnages qu'il ne pouvait modifier, et qui gardè-
rent leur originalité. Keux ne cessa pas de se mon-
trer vantard et médisant ; Gauvain fut toujours le
plus vaillant des chevaliers de la cour d'Artus ;
mais les héros du roman, Méraugis, Gorvein Cadrus,
Laquis, l'Outredouté, Lidoine et Avice, sont des
créations neuves, et l'imitation, lorsqu'elle paraît,
se déguise sous des traits particuliers. Si l'aventure*

de Gauvain rappelle par quelque côté celle du Chevalier au Lion, elle se termine d'une manière tout imprévue, et l'on pourrait en dire autant des autres épisodes pris séparément. En puisant dans ce fonds commun d'aventures dites de la Table Ronde, *Raoul leur a donné le tour propre à son imagination ; il leur a surtout imprimé un cachet tout particulier par son style ; c'est la seule question qui nous reste à traiter.*

En effet, si au premier aspect, la langue du moyen âge semble offrir une ennuyeuse monotonie, une étude plus attentive fait reconnaître chez ceux qu'on pourrait appeler les bons écrivains du XIIe siècle des différences assez notables, qui se font sentir dans le choix des tournures, l'allure générale du récit et surtout du dialogue. Chrestien de Troyes est tout à la fois calme, simple et spirituel. Raoul de Houdenc est plus recherché, quelquefois prétentieux ; il aime l'enjambement, l'interrogation, dont il fait un fréquent usage, qui donne plus de vivacité au dialogue et à ses réflexions ; mais il en fait abus. Cette propriété de style, qui paraît marquée chez lui, nous amène à examiner au moins sommairement l'hypothèse émise par M. Mussafia dans le compte-rendu du poëme intitulé La Vengeance de Raguidel (V. Germania, VIII, p. 222), *que l'ingénieux critique a cru pouvoir attribuer à Raoul de Houdenc. La* Vengeance de Raguidel *est le récit d'un épisode indiqué dans le roman de Perceval, dont on attend vainement la fin, que n'a pas donnée l'auteur ; il n'y aurait donc rien d'étonnant à ce que Raoul se fût emparé de ce sujet*

pour le terminer. *Les principaux personnages figurent également à la cour d'Artus, et le récit, sans se rattacher directement au roman de Perceval, se rapproche asseȥ de la donnée générale pour être accepté sans difficulté. Raoul ne se nomme pas au début, mais seulement à la fin, et au milieu, dans un autre épisode, qui, sous le titre du* Chevalier à l'espée, *a été traité ailleurs d'une manière différente. Nous n'avons pas à rechercher quel est l'auteur de la seconde rédaction; constatons seulement que ce n'est pas Chrestien de Troyes, comme on l'a avancé à tort, et faisons remarquer que, dans la* Vengeance de Raguidel, *la fable épisodique se rattache parfaitement au sujet principal, tandis que la version publiée par Meon ne présente que le récit isolé d'une aventure où Gauvain joue un rôle biȥarre et ridicule. Dans notre rédaction, l'auteur se désigne simplement par ces mots :*

« Ci commence Raols son conte...

Et à la fin :

Raols, qui l' fist, ne vit après
Dont il fesist...

C'est aussi de cette manière que Raoul de Houdenc se désigne dans des œuvres qui ne lui sont pas contestées. Au début de Méraugis, il s'exprime ainsi :

« Pour ce Raoul de son sens dit...

Et à la fin :

« Li contes faut; si s'en delivre
Raoul de Hodenc qui cest livre...

Dans le Roman des Eles (*éd. Scheler, p.* 31):

Raolz à toz les cortois prie...

Dans le Songe d'Enfer (*éd. Jubinal, p.* 403):

Congié prent Raouls, si s'esveille...

Et plus loin seulement il complète l'indication en ajoutant à son nom le lieu de son origine. Enfin, dans la Voie de Paradis (*éd. Jub., p.* 250), *il ne se désigne que par son nom, dans ces paroles que lui adresse Dieu le Père :*

« Et il dist : Raoul, bien l'as fait... »

De telles analogies nous permettent de conclure sans trop de témérité à une identité de personnages.

Cette première question ainsi résolue, si nous abordons celle du style, nous y trouverons des ressemblances frappantes. S'il s'agit d'énumérer des groupes de personnages, ce sera toujours la même formule :

« Çà .I., çà .II., çà .VII., çà .X. »

(Gauvain ou la Vengeance de Raguidel, *v.* 38, 3202, 3211, 3643; Méraugis, *p.* 40, *v.* 2 *et* 14; *p.* 174, *v.* 3). *L'analogie est plus frappante encore dans les monologues amoureux et les réflexions du poëte; pour s'en convaincre, on n'a qu'à comparer les passages de* Gauvain, *v.* 3623 *et* 4903, *avec ceux de* Méraugis, *p.* 207, *v.* 18; *p.* 208, *v.* 4; *p.* 226, *v.* 15. *D'ailleurs, un examen de détail des formes du style, de la coupe du dialogue, ne ferait que confirmer cette opi-*

nion, qu'on peut sans témérité attribuer à Raoul la Vengeance de Raguidel et l'ajouter à ses autres productions, ce qui porterait à cinq le nombre total des poëmes connus de ce trouvère. Tous ont été écrits, à n'en pas douter, dans la meilleure langue, ou, si l'on veut, le plus pur des dialectes de cette époque, celui de l'Ile de France, comme l'atteste le témoignage de Huon de Méry; cependant, de même que la plupart des monuments littéraires du temps, ils ne nous sont parvenus que défigurés par la plume des copistes, toujours enclins à substituer dans les textes qu'ils transcrivaient des formes d'orthographe locale qui y jettent une fâcheuse bigarrure, et que les éditeurs ne peuvent pas toujours corriger. Mais, lorsque l'étude de notre vieille langue aura fait assez de progrès pour qu'on n'hésite pas à publier des éditions critiques, il nous semble que Raoul de Houdenc est un des poëtes les plus dignes d'un travail de ce genre. Si nous ne l'avons pas essayé, c'est qu'il nous a paru hasardeux, en l'absence d'une partie des matériaux indispensables, de proposer des conjectures, là où un bon manuscrit a pu conserver le texte primitif. Puisse un jour quelque travailleur plus habile l'entreprendre et faire revivre avec toute sa grâce cette œuvre spirituelle et délicate. Tel est, dans l'intérêt de la gloire de Raoul, le vœu qu'exprime en terminant l'éditeur de Méraugis.

H. MICHELANT.

SOMMAIRE

MERAUGIS

DE

PORLESGUEZ

ui de rimoier
s'entremet
Et son cueur et
s'entente met,
Ne vault noient
quanque il conte
S'il ne met s'estude en tel conte
Qui touz jours soit bon à retraire;
Car joie est de bon œvre faire
De matire qui touz jours dure.
C'est des bons contes l'aventure
De conter à bon conteour;
Cil autre qui sont rimeour

1

De servanteis, sachiez que font;
Noient dient, car noient n'ont.
Leur estude et leur motz qu'il dient
Contredisent, noient ne dient
Point de leur sens, ainz sont de ceus
Qui tout boivent leur sens par eus.
Pour ce Raoul de son sens dit
Qu'il veut, de son sens qu'est petit,
Un novel conte commencier
Qui sera bons à anouncier
Touz jours, ne jamais ne morra;
Mes tant com cist siecles durra,
Durra cis contes en grant pris.
C'est li contes de Meraugis
Qui fist les faitz que je racont.
Mes s'au conter ne vous mescont,
Il n'i a mot de vilainie;
Ainz est contes de courtoisie
Et de biax motz et de plaisanz.
Nuls, s'il n'est cortois et vaillanz,
N'est dignes du conte escouter
Dont je vous voil les motz conter.

Seignor, au temps le roi Artu ·
Qui tant estoit de grant vertu,
Ot en Bretaigne la greignour
Uns rois qui tint mult grant honour,
Ce fu li rois de Cavalons
Qui fut plus biaus que Absolon,
Si com tesmoigne li Greaus.
Li rois qui fu preuz et loiaus,
Et riches d'avoir et poissanz,
Une fille avoit mult vaillanz:
La damoisele ot non Lidoine;
N'ot jusqu'au port de Macedoine
Fame qui fust de sa biauté;
Tot fust autre jouiaus vilté
Qui fust demoustrez lez sa face,
Por quoi il me plest que je face
De lui bele description.
Ce fu le plus gentil cion
Où Diex meïst onques nature.
De deviser tel creature
Me dout que je ne viegne à chief,
Car la pucelle avoit le chief
Mult bien assis et li chevoil

Plus blonts que plume d'orioil.
Le front ot haut, cler et bien fet ;
Sourcilz ot à delié tret,
Enarchiez, non pas bloi que brun,
Si bel qu'il sembloit à chascun
Que il fuissent de main portret.
Si estoient contremont tret,
Par reson ot larget entreuil.
Li œil, si je mentir n'en veuil,
Furent douz et de tel esgart
Que la moitié de son regart
Passast bien parmi .v. escuz
Et rendist matez et vaincuz
D'amer les cuers qui sont el ventre.
De regarder oeil qui si entre,
Vous dic qu'il se fet bon garder.
Nuls ne la peüst esgarder
Qui ne fust alumez de lui.
Pour ce que tant louer l'oï,
Veuil raconter une merveille.
El ert plus fresche et plus vermeille
El vis que la rose en esté ;
Li temps ne fu pas tempesté
Quant fete fut tel creature.
Si grant largesce mist nature,

Qu'onques greignour ne fist à droit.
Ele ot le nes traitiz et droit
Et bele bouche et cler le vis
Et plus ert blanc que flour de lis.
Clers com argent erent ses denz;
Quant la langue parloit dedenz,
Li dent resembloient d'argent;
Et pour mielz deçoivre la gent
Ot la gorgete esperital
Plus blanche que noifs ne cristal.
Le col ot bel et blanc et droit.
Si je la veoie orendroit
Apertement, devant mes ieulz,
Ne porroie je mie mieulz
La biauté de lui deviser.
Nuls ne la poïst raviser
Des ieulz, qui jà tant l'avisast,
Que james nuls la devisast,
Fors moi tot seul qui la devis.
„S'ele fu bien faite de vis
Et plaisant à toute la gent,
Ele ot le corps bien fait et gent
Plus que n'ot Lore de Biauspraz;
Beles espaules et biaus braz
Ot la pucele et blanches mains,

Qui ne coroient mie du mains
Pour doner, quand lieus en venoit.
La damoisele qui estoit
Plaine de toutes granz bontez,
Qui une foiz fust acolez
De ses braz qui erent si blanc,
James n'eüst la goute el flanc.
S'en la damoisele ot biauté,
Plus i ot sens et loiauté,
Qu'ele fu tant preuz et cortoise
Qu'anviron lui à une toise
N'avoit se cortoisie non.
Pucele estoit de grant renon
Et escole de bien aprendre;
L'en poïst environ lui prendre
Toutes granz henors à plain poing;
Et les puceles de mult loing,
De Cornoaille et d'Engleterre,
La venoient par mer requerre
Pour veoir et oïr parler;
Toz li mons i soloit aler
A si cortois pelerinage,
Car la pucele estoit si sage
Que jà si cortois n'i parlast,
S'il vousist ses ditz retenir.

A cel temps la seult on tenir
A la plus gentil damoisele
Qui fust de ci jusqu'en Tudele,
La plus vaillante et la plus sage
Que l'on trovast jusqu'en Cartage.
Avec ce si gracieuse estoit
Qu'à celui qui la regardoit,
Jà le jour ne lui mescheïst;
Non, par mon chief, se il cheïst
D'autresi haut com .i. clochier,
Jà ne l'en convenist clochier,
Puis qu'il l'eüst le jour veüe.
Touz li mons savoit à veüe
Qu'ele avoit si grant digneté.
A la pucele, en verité,
Avint que ses peres fu mortz,
Qui mult fu de riche deportz.
Par poi ne se desespera;
Mult plaingnit fort, mult souspira
Et mult estoit griefz ses pensez.
Quant ses peres fu trespassez,
Si vint la terre à lui por voir,
Car ses peres n'avoit plus hoir
Que lui à cui toutz eschaï;
Et je vous di qu'il lui chaï

Si tres bien de tenir la terre,
Qu'onques ne la semont de guerre
Ne cist, ne ceste, ne celui;
Einsi tint terre sanz anui.

Quant ele l'ot .IIII. anz tenue,
Ele s'i fu si maintenue
Que touz li mons amée l'a,
Et tant que ses cuers lui loua
Qu'ele alast devant Lindesores
Où la dame des Blanchesmores
Avoit fet .I. tournoi crier,
Où ele fera escrier
Mainte ensaigne et maint cop ferir.
Cui l'ounors porra avenir
De vaincre le tornoiement,
Si enportera quitement
Un cigne qui el pré sera;
Et si vous di qu'il baisera
La pucele de Landemore
Qui n'est mie laide ne more.
Quant li cignes sera donez,
Maintenant ert .I. cor sonez
A la fontaine, sous le pin;

Sus une lance de sapin
Sera uns espreviers muez
Qui jà n'iert pris ne remuez
Devant là que cele le preigne
Qui par veüe leur apreigne
Qu'ele soit plus bele de toutes.
Se sa robe ert perciée as coutes,
Pour tant que ce soit la plus belle,
N'i aura il jà damoisele
Qui à l'esprevier, s'ele non,
Ose tochier, tant ait grant non;
Car donez iert par loiauté
A cele qui plus a biauté.

Ensi fu lors li tornois pris,
Li bachelier d'amours espris
I amainent chascuns s'amie.
Li tornois ne remaindra mie,
Car tuit li errant chevalier
De Logres sunt venuz premier
Au tornoi pour le pris conquerre;
Et Lidoine fesoit porquerre
Bien jusqu'à .xxx. damesiaus
Des plus gentilz et des plus biaus
Qu'el pot trover en sa contrée.

Pour ce qu'el cuide estre encontrée,
Les fist richement atorner
Et chevals et armes doner,
Et les fist au monter vestir
Des plus riches samitz de Tir
Que l'on pot trover pour argent.
La damoisele fist sa gent
Et totes ses dames monter.
Ne sai pas ceus tous aconter
Qui le jour en sa route murent.
Mais tant chevauchent qu'eles furent
Es plaines devant Lindesores,
Et li tornoiemens fut lores
Touz pres comme de l'assembler ;
Eles comencent à ambler,
Si virent vers .i. estandart
Un heraut qui tenoit .i. dart
En sa main, mult trenchant d'acier,
Avant le tornoi comencier,
Là où li tornois assembloit.
Mes tant estoit laidz qu'il sembloit
Qu'il fust ovrez à besagüe.
La teste avoit longue et agüe,
La teste et tot le corps maufet ;
Mes jà pour moi n'iert plus retret

Ses corps dont Diex n'avoit que fere,
Car je ne porroie retrere
La grant hideur que il avoit.
Il se regarde et venir voit
Les dames qui vienent amblant.
Ces conneust, mes ne fist semblant
Qu'il les veïst, adonc s'en court
A la dame qui tient la court,
Qui estoit sus une bretesche.
N'a mie fete longue tresche ;
Là la trueve, si lui a dit :
« Dame, fet il, sans contredit,
« Sachiez que la dame est venue
« A cui l'onor est avenue
« De l'esprevier quitement prendre.
— Je voil, fet ele, bien apprendre
« Qui est cele qui si est bele.
— Dame, fet il, c'est la pucele,
« Fille le roy de Cavalon. »
Dist la dame : « Donc avalon
« Contre lui jus de l'eschafaut. »
Lidoine sus cui riens ne faut
Qui à bon oevre soit contée,
A sus l'eschafaut encontrée
La dame qui le tornoi tient ;

Si la salue et la retient
Et lui dit : « Dame, bien viegniez.
« Des or vous pri que vous preigniez
« Ceste bretesche qui est ci
« Comme la vostre. — Grant merci,
Se dist Lidoine qui fu sage,
« Je retieng orendroit l'estage
« Par covent que vous i vendroiz.
« Sel retieng et vous le prendroiz
« Comunement, puis qu'il est nostres.
— Partot soit nostres et partot vostres;
« Bien i porrons ensamble ester.»
Lors vont en l'eschafaud monter
Trestoutes les dames ensemble,
Mes sor toutes les autres semble
Lidoine rose et fleur de lis.
Fenice, la fame Aëlis,
N'ot onques ausi grant biauté
Com ele avoit, en loiauté;
Tout i fu quan que lui covint.
Et quant sus la bretesche vint
Où il ot mainte damoisele,
Itant vous di que la plus bele
D'eles qui plus ot le vis vrai,
Sembloit vers lui fevrier vers mai.

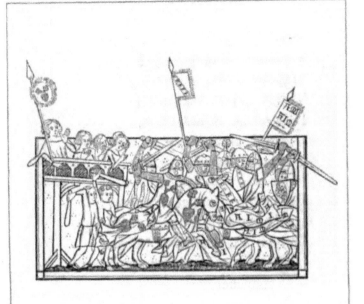

Quant desus la bretesche furent,
Adonc li chevalier s'esmurent
Cil qui primes voudrent jouster.
Lors comencent à ajouster
Par batailles et par banieres.
De maintes diverses manieres
I ot armes et chevaliers.
Et cil ne fust mie laniers
Qui ot Lidoine conneüe ;
Ainz a la novele esmeüe

Par les rencs et par tot conté,
Dont il i ot puis encontré
Maint chevalier et abatu.
Tuit furent de joie esbatu
Li baron du tornoiement,
Quant il seurent veraiement
Que la damoisele i estoit.
Si furent agu et destroit
De biaus cox fere et de jouster
Qu'il s'aloient entrencontrer
Là où li uns consiuoit l'autre.
Lors s'en vindrent lance sor fautre
Li chevalier vers l'eschafaut.
Devant les dames, par le gaut
Poignent et joustent et assemblent,
Que por le bruit des lances semblent
Dui ost qui soient assemblé,
Tant qu'à puceles a semblé
Le tornoi fort, et il si fu.
Maint danzel ont là conneü
Et maint chevalier aduré.
Deus jours a li tornois duré
Plainierement jusqu'au tierz jour.
Ne ferai mie long sejour
En leur proesce deviser;

Ainz vous voil le conte acorder,
Einsi com je sai la matire
Et mes engins et mes sens tire
A recorder la vérité;
Jà n'i aura mot repeté
Que je sache, se de voir non,
Car savoir vous ferai par non
Qui ot le cigne et le beisier.
Qui l'ot? Caulus, un chevalier
Mult hardiz d'armes l'emporta,
Et li plus s'i acreanta,
Non pas por ce qu'il n'i eüst
Meilleur de lui qui l'esleüst,
Mes la damoisele l'amoit
Et il lui tant qu'il en aloit
Partout aventures querant.
Si lui porterent tuit garant
Por fere à lui son dit estable,
N'ele n'est si contrariable
Que nuls l'en vousist fere tort.
Tant se tindrent à son acort
Qu'il ont sur lui le cigne mis;
Mes ce fu par le gré d'amis
Qu'il ot le cigne et le beisier;
Et qui reson vousist cerchier,

Meilleur de lui trovast encor.
La dame fist soner le cor
Desouz le pin, à la fontaine;
Ne firent mie longue paine
A lor afere deviser;
Legiere chose ert aviser
Que Lidoine estoit la plus bele.
N'i ot chevalier ne pucele
Un trestout seul qui ne deïst
Qu'il ert reson qu'ele preïst
L'esprevier; ele l'ala prendre.
Lors vielt chascun son non aprendre
Et demandent qui ele estoit.
Vient Meraugis de Portlesguez,
Desouz le pin où ele estoit,
Uns chevaliers moult alosez.
Ensemble o lui i est venuz
Uns siens compains mult bien connuz :
Gorveinz Cadruz i fu o lui;
Chevalier furent ambedui,
Li dui meilleur qu'on seüst querre,
Qu'il n'eüst jà en nulle terre
Tornoiement où il ne fussent.
En genz qui rien ne s'entrefusent
N'ot onques ausi grant amour;

Tout sanz tençon et sanz clamour
S'entramoient et si à certes
Que leur gaaignes et leur pertes
Et leur avoir estoit comuns.
Sour le pin vindrent où chascuns
Esgardoit Lidoine à merveille;
Car ce n'ert mie gieus de veille
De la grant biauté qu'ele avoit.
Et quant Gorveinz Cadruz la voit,
Si l'aima tant pour sa biauté,
Que de toute sa loiauté
L'a maintenant de cuer amée,
Et apres ce qu'il l'ot nomée,
Il dit errant com il la voit :
« Si ceste pucele n'avoit
« L'esprevier, ne sai qui l'eüst;
« Que pas ne cuit que nulz peüst
« En ce mond plus bele trover.
« J'oseroie pour lui prover
« Que c'est la plus bele du monde
« Et la plus preuz et la plus blonde.
« C'est la plus gente que devis,
« Ceste est la mielz fete de vis
« Qui onques fust fete à devise. »
Tant plus l'esgarde et plus l'avise,

Et plus lui plest à aviser.
Li dui compaing sanz deviser
Descendent, si l'ont saluée.
Cele s'est encontr'euls levée
Et biau leur rendist leur saluz
Com à chevaliers esleüz
As cox doner et recevoir.
Bien set que ce sont cil por voir
Qui mielz le firent en l'estour,
Car des armes sevent le tour,
Dont mult plurent à la pucele.
Gorveinz Cadruz voit là icele
Touz esbahiz se trait arriere,
Car il ne set en quel maniere
Il lui ost dire ce qu'il pense,
Ainz s'esmerveille et se trespense
Dont cist penser lui est venuz
Et dist : « Qu'est mes cuers devenuz
« Qu'ainsi s'envole et çà, et là?
« Je croi cele pucele l'a.
« Voire, por voir, il m'est emblez;
« Mult par est mes cuers assemblez
« A biau cors et de grant renon.
« Set ele que l'ait? Par foi, non.
« Coment non? Si nel cuide avoir,

« Donc lui voil je faire savoir
« Qu'il est dedenz lui aentrez.
« N'en doit pas miens estre li grez,
« Se je orendroit ne lui di.
« Or lui puis dire, vez la ci.
« Quoi lui dirai je? Qu'ele m'aint.
« De tiex raisons a ele maint;
« Si en serai por fol tenus.
« Par tant doit estre retenus,
« Qui hui l'amay premierement
« Et orendroit presentement
« Lui voil dire ma volenté.
« N'ai pas cest fes longtemps porté,
« Ce me porra dire et respondre,
« Et l'amour ne se puet repondre
« Qui en moi est, qu'il ne s'apere.
« Or convendra donc qu'il i pere
« Et que je lui face à savoir
« Que je l'aime à tot mon pooir,
« Et se lui di. Se nel savoit
« Et ele oï se ne m'avoit,
« Coment je sui sourpris d'amours,
« A cui dirai je mes clamours,
« S'à cele non qu'à lui me sache?
« Mielz m'avient que cele le sache,

« Que jel face à autrui savoir,

« Que mestier ne m'i puet avoir.

« Je lui vois dire ; non ferai.

« Si ferai voir ; je lui dirai

« Deus mots por lui apercevoir

« Que je l'aim de fin cuer por voir.

« Mes je me pens, se je lui di

« Com je l'aim et por lui mendi,

« A grant folie le tendroit.

« Por quoi ? que point ne m'en creroit.

« Certes, non devroit ele faire. »

Gorveinz qui mais ne se puet taire

Lui dit en chantant et coment :

« Douce dame, à Dié vous comant.

« Je m'en vois où que vous ailliez

« Et tant voil que de moi sachiez

« Que je suis vostres quitement

« Mais jà ne vous dirai comment

« Ne por quoi, ne dont ce me vient,

« Si par fortune ne m'avient.

« Ançois m'aurez mielz coneü

« Et en aultres places veü,

« Si vous plest, que en ceste ci.

— Biaus sire, la vostre merci,

« Dist ele, et tant sachiez de voir

« Que voz conoistre et voz veoir
« Me plest mult, et si doit il fere,
« Qu'à chevalier de bon afere
« Vous oi tenir et bien l'otroi.
— Dame, ce dist Gorveinz, par foi
« De ce sui je plus liez que nuls. »
472 Atant s'en part, si ne dit plus.

Einsi Gorveinz Cadruz en vet;
Ses compaings qui avec lui vet,
Meraugis qui Gorveinz amot
De lui ravint que quant il ot
Un poi à la dame parlé;
Or n'ot il pas .v. pas alé
Qu'il fut .c. tantz plus desvoiez,
Et bien de ce certains soiez,
D'amours que ses compaings n'estoit.
Einsi furent andui destroit
Por lui amer en tel maniere.
Voirement est amours maniere
De genz sourprendre et desvoier.
Lidoine monte; au convoier
Des chevaliers i vindrent maint.
Lidoine .I. petitet remaint

Apres les autres; s'en i ot
De tiex qui ne sonerent mot
Et Meraugis s'en vet apres;
Entres les autres se tient pres
De la dame et ele de lui.
Mes qu'il vont parlant ambedui,
Si lui renforcent ses dolours
Por ce qu'il va chantant d'amours,
Et plus et plus à chascun mot.
Or l'aime plus qu'il ne l'amot,
Or l'aime et charge miex et miex,
Tant que l'amour le fiert as iex,
Et el vis et par tot le cors
Que l'en le puet puissier defors,
Tant en a par dedenz eü.
A douce fontaine a beü,
Dont il se tient si aemplis;
Voire il est si d'amors espris
En fin qu'il n'i a que redire.
Quant il s'en partist, ne pot dire
Fors tant qu'il demande congié;
Mes, com homme qui a songié,
Remest toz pris enmi la voie.
De cuer et des iex la convoie
Qu'il n'a pooir d'aler avant.

Lors torna son cheval ferrant,
Si s'en revint le petit pas.
Gorveinz Cadruz isnele pas
Remonte et vers lui s'adresça;
A l'encontrer lui demanda :
« Or me dites, compaings amis,
« Avez veü com Diex a mis
« Trestoutes les biautés ensemble
« Sus ceste pucele, qui semble
« Qu'el doive mielz que riens valoir. »
— De sa biauté ne puet chaloir,
Fet Meraugis, si n'est vaillans;
« Car s'ele estoit d'henour faillans,
« Et ele estoit plus bele assez,
« Si seroit por noient lassez
« D'amours icil qui l'ameroit;
« Car qui s'amour entameroit,
« Bien i porroit sentir amer;
« S'il n'a vaillance en lui amer,
« Folie seroit vraiement. »
Gorveinz Cadruz tot erraument
Respont : « Sire compaings, por quoi?
« Il m'est avis, si com je croi,
« S'ele est dyables par dedenz,
« Ou guivre, ou fantosme, ou serpenz,

Por la biauté, qui est defors,
Doit touz li mons amer son corps.
— Non doit. — Si doit, ce m'est avis. »
Ce dit Gorveinz à Meraugis :
« Ma volenté vous dirai toute,
« Que je vous aim et c'est sans doute
« Que vous m'amez en bonne foi ;
« Por quoi, amis, je ne vous doi
« Celer riens de ma privauté,
« Car maintes foiz, en verité,
« M'avez conseillié et je vous. »
Cil respont : « Les amours de nous
« Ne sont mie or à esprover.
« Se je puis nul conseil trover
« En ce que vous me volez dire,
« Je l'i metrai ? — Ferez, biaus sire ?
— Oïl, sanz faille, se jel sai. »
Dist Gorveins : « Et jel vous dirai
« Que je ne diroie à nul homme.
« Conseilliez moi, c'en est la somme.
« J'aim Lidoine de tot mon cuer,
« Ainsi que james à nul fuer
« N'en partirai, par verité.
— Por quoi l'amez ? — Por sa biauté.
— Por sa biauté ? — Voire, sanz plus

« Tout en claim quite le sorplus;

« Fors por itant sui ses amis.

« Se Diex i a autre bien mis,

« Je n'en sui liez, ne ne m'en poise.

« Ou soit vilaine, ou soit cortoise,

« Ou soit de toutes males mours,

« N'aim je se sa biauté d'amours,

« Tant que touz m'en puis merveillier.

— Vous estes bons à conseillier,

Dist Meraugis. — Sire, coment?

— Quant il ne puet estre autrement,

« Amez la, jel vous lo einsi.

— Onques de vostre los n'issi,

« Ce dist Gorveinz, ne ne quier fere,

« Car vous m'avez de cest afere

«Bi en conseillié à mon talent. »

Dist Meraugis tout en alant :

« Sire compaingz, jel faz por bien.

« Dont me conseilliez autre rien

« De cest afere, ou si ce non,

« Jà ami ne departiron

« Entre nous deus de ceste place. »

Gorveinz respont : « Jà Dieu ne place

« Que mautalent ait entre nous.

« Jà se li tortz ne vient de vous,

« De moi n'ert il jà en avant.

« Jà Diex à nul bien ne m'avant,

« Se je volentiers n'i metoie

« Conseil, se conseil vous savoie

« Doner de vostre mesestance;

« Por quoi je sai bien, sanz doutance,

« Que vous conseilleriez moi.

— Or me conseilliez donc en foi,

« Sire compaings, si vous savez.

« J'aim la dame que vous amez

« Ainsi sanz faille, outreement

« D'autre amour et tot autrement

« Que vous ne l'amez, car je l'aim

« D'amour de si naturel raim

« Que je l'aim por sa cortoisie,

« Por ses bons ditz sans vileinie,

« Por son douz non, por sa proesce.

« Auxi, com vostre amour s'adresce

« A amer sanz plus sa biauté,

« Vous di je, sour ma loiauté,

« Que je l'aim por ce sans plus, voire,

« Que s'ele estoit brunete ou noire

« Ou fauve. Que vous en diroie?

« Jà por ce mains ne l'ameroie,

« Ne jà n'en seroie tornez. »

Gorveins respont : « Vous me gabez.
—Non faz.— Si fetes, com je cuit.
« Mes s'il est voirs que m'avez dit,
« Mult m'en poise et mult m'en merveil
« Et si vos lo en droit conseil
« Que james n'i pensez nul jour,
« Ou si ce non, ci faut l'amour,
« Que james ne vous ameroie. »
Dist Meraugis : « Bien le disoie ;
« Ne me volez à mes talentz
« Conseillier. C'est li mautalentz
« Qui nous depart ; si est granz deuls,
« Qu'il n'a amour entre nous deus
« Mult grant ; et cist points nous depart,
« Que vous l'amez à une part
« Et je à autre. Ce m'est vis,
« Par la reson que je devis,
« Que jà tencier ne deüssom. »
Gorveinz respont : « Ceste tençon
« Torra à certes je sai bien.
« Gardez que mais n'i clamez rien.
« Trop avez dit, fuiez de ci.
» La trieve faut ; je vous defi
« Et voil ci prover orendroit
« Que vous n'avez en lui nul droit.

—Si ai, je cuit. — Vous, non avez,
« Quant vous pour son corps ne l'amez ;
« Ceste reson vous en met fors,
« Quant li sourplus defors le corps
« Noient ne vaut, ce os bien dire.
« Et se vous m'en volez desdire,
« Voz armes vous en covient prendre.
— Et je sui prest de moi defendre,
« Dist Meraugis, et de prover
« Que l'on puet mielz reson trover
« Que elle doit estre m'amie
« Que vostre. Quant vous n'amez mie
« Sa cortoisie et son douz non,
« Vous n'i avez ne o ne non,
« Ce sui je prest de desraisnier. »
Einsi furent li chevalier
A la guerre par tel afere,
Quant vint à la bataille fere,
Qu'il n'i ot fors des cox doner.
Si sont venu au retorner
Li chevalier qui convoierent
Lidoine ; mult s'esmerveillierent
Quant il oïrent la tençon,
Qu'onques autant de mesprison
N'avoient entr'euls deus veü ;

Mes grant amour i ot eü.
Si se merveillent durement
Et demandent communement,
Et qui a droit et qui a tort;
Et cil dient en leur recort
La verité de la bataille,
Que por Lidoine estoit sanz faille
Qu'il ainsi se vuelent combatre.
Cil qui vuelent la noise abatre
Se merveillent de çou qu'il oient;
Si les blasment et leur desvoient
Leur volonté et leur folie.
Si dient que grant musardie
Les fet de tel chose entremetre
Mes onques fin n'i porent metre,
Dont que Gorveins dit entresait
Que jà par chose que nuls ait,
La bataille n'i remaindra.
Dist Meraugis : « Jà n'avendra;
« Domage seroit, ce me semble. »
Lors les laissent aler ensemble
Cil qui n'i porent metre fin.
Lors trespasserent le chemin,
Si s'assemblent enmi le plain
Fier et entalentif et plain

De hardement. Bien le sachiez,
Qu'onques en champ, por leur pechiez,
N'enclinerent contre Orient;
Ainz clinent et vont aorant
Cele part où la dame vet.
Dont n'i ot plus, mes chacuns let
Chevals aler; si s'entrevienent
Es escuz; des lances qu'ils tienent
Se vont ferir de fier esles
Si qu'il en font froissier les es
Des escuz encontre leur piz,
Et qu'il ont par force guerpiz
Les frains, car les lances sont fortz;
Et il qui de si grant effortz
Furent et si fort s'entrevont,
Qu'il abatent tout en .i. mont,
Chevals et chevaliers ensemble;
Mes tost refurent, ce me semble,
Li chevalier en piez sailli;
Et si se sont entrassailli
As espées tout de rechief;
Chascuns ot bien covert le chief;
Si s'entrevienent au devant.
Ne sai li quex ferist avant,
Ne li quex plus, ne li quex mains;

Mes as espées des cox maints
Donent et vont plus tost que vent.
Se li uns paie, l'autre rent
Tot coup à coup, sanz plus atendre,
De quan que bras poent estendre
S'entrepaient, mes ce sont cox.
Es sorcilz, es testes, es cous
S'entredonent et seur le vis,
Gorveinz et sire Meraugis,
Fiers et hardiz comme lions.
Onques mes si fiers champions
N'assemblerent en nule terre,
Car li uns d'euls ne puet conquerre
Sour l'autre vaillant un denier ;
Mes, comme vaillant chevalier,
S'entratendent et s'entrecopent.
En la fin depiecent et copent
Hyaumes et haubercs et escutz.
Jà fust ne sai li quex vaincutz,
Qu'il ne peüssent plus durer ;
Mes la pucele oï conter
As chevaliers qui la convoient
Que tot ainsi se combatoient
Li dui chevalier por s'amour.
Mult l'en pesa, et sanz demour

Retorne arrier; mais quant vint là,
Li chevalier estoient jà.
Tant combatu que il n'avoient
Espée entiere; et quand il voient
La pucele vers eus venir,
Lors s'entrevont des poingz ferir
Com enragiez et hors du sens,
Por quoi jà ne cuident à temps
Li uns d'euls l'autre avoir conquis.
Lidoine vient, cels a requis
De pais et dist : « Seignors, laissiez
« Ceste bataille et bien sachiez
« Que mult m'en poise; et ne por quant,
« Puisqu'ainsi est, d'ore en avant
« Ne voil que plus i ait mal fet. »
Atant se sont arriere tret
Cil qui n'ont pooir de desdire
Sa volenté, mes si plain d'ire
Por son los acomplir le font
Qu'à bien poi que chascun ne font
De honte, que si longuement
Se sont combatu por noient.

Lors lui crient : « Dame, merci.
    « Vez tot le pueple qui est ci
« Assemblez de par tot l'empire.
« Honitz sumes, bien poons dire,
« En fin ce remaint à itant
« Que vaincu sumes en estant.
« Por Dieu, se ce reson vous semble,
« Car nous metez encore ensemble
« Tant que li uns en ait assez.
— Avoi, seigneurs, et quoi pensez ?
« Itant vous di certainement,
« Ne voil pas que sanz jugement
« Soit fete bataille por moi ;
« Mes soiez à la court le roi

« Au Noel, où que la court soit.
« Se li baron jugent par droit
« Qu'en ce doive bataille avoir,
« Lors me plera mult à veoir
« Li quex de vous ert li plus fortz;
« Et s'il avient que li recordz
« De la court juge qu'il n'i doie
« Bataille avoir, je ne voudroie
« Qu'ele fust, ne jà n'avendra.
« Mes quant au jugement vendra,
« Que je saurai, et par raison,
« Li quex a droit et li quex non,
« Itant vous di, si Diex me gart :
« Soit par bataille ou par esgart,
« S'il ne me plest à fere plus,
« Cil qui en vendra au desus
« M'amera lors par mon congié.
« Ainsi me plest; por ce voil gie
« La bataille metre en respit.
« Ce ne vous torne à nul despit;
« Et si vous pri et vous comant
« Qu'il n'ait guerre ne mautalent
« Entre vous deus deci au jour;
« Car si jel savoie, m'amour
« Auriez vous perdue en fin.

« Mes tiegne chascun son chemin ;

« Alez les aventures querre.

« De bien fere et de pris conquerre

« Vous pri, et vous le devez faire,

« Por ce que mult vous devroit plaire,

« Se j'ooie de vous bien dire.

— Apres ce mot n'a que redire,

Fet Meraugis, quant il vous plest.

« Itant sachiez, sanz nul arest,

« J'irai, quant faire le covient.

« Bien sache Gorveinz, s'il i vient,

« De voir que il m'i trovera. »

Et dit Gorveinz : « Je movrai jà,

« Certes, se ma dame vouloit.

« Et bien sachiez, qui que il soit,

« De verité que j'i serai

« Ne james devant lors n'aurai

« Repos, ne joie, ne sejour. »

Ainsi acreantent le jour

Tuit troy ensemble qu'il iront.

Atant departent, si s'en vont.

Lidoine ala en son païs.
Gorveinz Cadruz et Meraugis
Tindrent apres chascun sa voie.
Si com la dame les convoie,
Vont par tout cerchant les contrées.
Aventures ont encontrées
Maintes et mult s'en entremetent;
Mes de la paine qu'il i metent
Ne vous voil ci long conte fere,
Que tant i a de l'autre afere,
Que bien poons laissier cestui.
Assez orent paine et anui;
Mes partout si bien leur avint
Qu'onques nuls en place ne vint
Qu'il n'eüst sur tous los et pris.
Chevaliers ont navrez et pris
Plus de .lx. en ce termine.
Tant erre chascun et chemine
Que le jour vint; Lidoine fu
Jà à la court le roi Artu
Por enquerre le jugement.
On sot par tout certainement
Que li rois seroit au Noel

A Cardueil; tuit li hostel
Erent jà pris, grant piece avoit;
Et la roïne, qui y estoit,
Ot mainte dame ensamble o lui.
Li rois, ainsi com je vous di,
Tint court et si baron i vindrent;
Et li chevalier qui revindrent,
Qui la bataille durent faire.
Il se furent mis au repaire
Et vindrent à leur jour, sanz faille,
Tuit prest de faire la bataille.
Quant à la court furent venu,
Lidoine n'a plus atendu;
Ainz a sa parole contée
Devant le roi et repetée
L'amour dont cil l'aiment ainsi.
Et quant li rois Artus l'oï,
Mult s'en merveille, si comande
Du jugement qu'ele demande
Qu'ele l'ait et qu'il velt savoir
Li quex doit mielz s'amour avoir.
Et quant li baron l'entendirent,
Apres ce plus n'i atendirent;
Ainz en vont tuit au jugement.
Keuz qui parla premierement

A dit, oiantz touz : « Sire rois,
« J'esgart que chascun l'ait par mois.
— Dan Keu, ce dist li quens Guinables,
« Cist jugemenz n'est pas resnables ;
« Mes jà ne remaindront voz gas.
— Sire, en gabois nel di je pas ;
« Ançois le di por metre pes,
« Ce que nuls ne metra james,
« Se chascun n'a sa volenté ;
« Por ce, si leur venoit en gré,
« Leur lo qu'il le facent einsi.
— Keu, fet li quens, tant vous en di
« Que jà à gré ne leur vendra.
— Or ne sai coment il prendra,
Dist Keuz, mes à itant m'en tes. »
Lors parolent li autre apres.
Et quant il ont ainsi parlé
Et chascuns dist sa volenté,

La roïne vient et demande
Que ce est, et li rois comande
Qu'el se tese ; mes non fera.
Mult fierement lui demanda
Et dist : « Sire rois, on set bien

« Que tuit li jugement sont mien
« D'amours; vous n'i avez que fere. »
Et Keus qui plus ne se pot tere
Lui dist : « Ma dame dit reson. »
De ce se tindrent li baron
A Keu; si dient tuit ensemble,
Que c'est droit, et reson leur semble
Qu'ele doie sa court avoir.
Et quant li rois entent por voir
Qu'ele ert seue, si l'en saisist;
Et lors la roïne lui dist :
« Sire, voidiez nous ce pales.
« Mes puceles dont j'ai ades
« Tendront ce jugement ceenz. »
Atant issirent de laenz
Li baron, et les dames vienent.
Diex, com ces robes leur avienent!
Si l'une est bele et l'autre plus;
Je que vous diroie, ne nuls
Ne porroit de l'une redire
Chose qui n'aferist à dire
De par biauté, qui là ne fust.
Qui leur biauté aperceüst,
En peüst .i. grant conte faire.
Dames i ot plus de cent paire,

'Qui issent des chambres là sus,
Ça .x., ça .xx., ça mains, ça plus,
Et vindrent par convois avant.
La roïne qui fu devant
Parla premiere, et il fu droitz,
Et leur dit en haut par .ii. foitz :
« Dames, entendez, pensez i.
« Vous avez bien toutes oï
« De quoi li jugemenz doit estre.
« De vous doit tex jugemenz nestre
« Que bien puisse estre oïz partout. »
Lors est comenciez tot à bout
Li murmures et li estris;
Ça .ii., ça .iii., ça .v., ça .vi.
Vont par escolles conseillant.
Se ceste ot dit son bon avant,
Cele redit le sien apres;
Et quant cele a parlé ades,
L'autre redit graignour reson.
Ceste se tient et cele non;
Ainsi sont toutes en descorde,
Que nule d'eles ne s'accorde
A parole que l'autre die.
Damoisele Avisce, l'amie
Au bel damoisel de Gorvoie,

Leur dist : « Dames, ce me devoie
« Du jugement que ci jugiez,
« Que chascuns l'aime par moitiez ;
« Je ne puis ci raison veoir
« Puisque chascuns la vielt avoir.
« Donque je di par verité,
« Que sa valeur et sa biauté
« Est tout un, quant tout tient en lui.
« Coment sera ce departi ?
« Ne sai, ne nuls ne set coment.
« Ci est li pointz du jugement.
« Or esgardez que vaut li corps,
« Si la cortoisie en est hors ;
« Noient, ne noient ne vaudroit
« La cortoisie, se n'estoit
« Li biax corps qui tot enlumine.
— Par mon chief, ce dist la roïne,
« Dont ne voi je que ce puet estre. »
La contesse de Cyrencestre
Respont : « Avisce dist mult bien ;
« Li uns sanz l'autre ne vaut rien :
« Ce m'est avis par le sens mien.
« C'est voirs, mes ce n'est pas li pointz.
« Ici de pres, non pas de loincz,
« Il convient penser et entendre :

« Lidoine dist que vielt aprendre
« Li quex l'aime mielz par reson,
« Ce est li pointz; ici veom.
« Cil qui l'aime por son biau corps
« Ne se met de riens au dehors;
« Ains vielt par tant tout l'autre avoir.
« Et cil revielt prover por voir
« Qu'il l'aime por sa courtoisie,
« Et par tant doit estre s'amie,
« Et par tant claime le sourplus.
« Apres celi ne voi je plus
« Mes qu'on esgart selonc l'afaire
« Laquele amour devroit mielz plaire
« Et li quex vient de meilleur lieu.
« Icis point, par le droit del gieu,
« La donra à l'un quitement,
« Sanz bataille, par jugement. »

P ar foi, dit Lorete au blont chief,
« Vous en ditez de chief en chief
« La verité qu'il i covient;
« Car de ci naist et de ci vient
« Li jugemenz; mes de legier
« Puet on esgarder et jugier
« Laquele amour puet mielz valoir.
« Porquoi je ne puis pas veoir
« Selonc leur dit, par nul esgart,
« Que jà cil i doive avoir part
« Qui l'aime, si por sa biauté non.
« Car qui proveroit par reson

« Que s'en fust la plus droite amour,
« Apres ce n'i voi je meillour,
« Mes qu'on amast le crucefis.
« Biauté qu'est-ce? Ce est uns dis,
« Uns nons qui vient par aventure.
« Biauté s'en vet com embleüre.
« Biauté vient, car or fust si mielz
« Biauté, si fiert la gent es ielz.
« Biauté, qu'est ce qu'en est issi?
« Ce est orgueils; si com je di
« Que c'est uns nons de vilainie
« Dont nest amours de courtoisie.
« C'est sa fille, par foi, c'est mon.
« En amours a mult cortois non.
« Voire, se nature n'a pere,
« L'amours qui retrait à sa mere
« Covient estre partot cortoise.
« Par quoi, qu'à cortoisie poise
« Que ce qui naist de lui n'est teus,
« Qu'el soit cortoise en toz bons lieus.
« Por ce di je et si voil prover
« Qu'amours doit cortoisie amer;
« Et s'amours aime ce qu'il doit,
« Donc aime Meraugis à droit,
« Qu'il aime por sa courtoisie;

« C'est veritez. Je ne die mie
« Que Gorveins qui por sa biauté
« L'aime, l'aint si en loiauté
« Ne d'aussi naturiels amours.
— Par foi, ce dit Sore d'amours,
« Non fet il, et à ce m'acort
« Que nuls esgart par cest acort
« Ne la puet à Gorvein doner. »
Lors oïssiez dames parler ;
Mes en la fin, ce m'est avîs,
Se tindrent devers Meraugis
Toutes les dames à un mot ;
Et la roïne quant elle ot,
Ne dist plus ; ainz fu apelez
Li rois et lors fu recontez
En plaine court le jugement ;
Et quant Gorveinz Cadruz entent
Qu'eles le metent au defors,
Mult fu dolenz et si dist lors :
« Ce jugement n'ottroi je pas ;
« Ainz voil avoir isnele pas
« La bataille, tot plainement.
« Ne ving pas ci por jugement,
« Ançois i ving por moi combatre ;
« Et par ice je voil abatre

« Ce jugement, car il est faus;
« Et proverai à desloiaus,
« Si Meraugis l'ose deffendre,
« Celes qui lui ont fet entendre
« Que il la doie quite avoir. »
Et Meraugis par estovoir
Respont : « Gorveins, si Diex me saut,
« Ceste bataille ne vous faut.
« Jà me porroiz ici trover,
« L'escu au col, por vos prover
« De vostre tort et de mon droit.
— Et je sui toz pres orendroit
« De la bataille, » dist Gorveins.
N'i ot onques ne plus ne mains,
Ainz s'entrevienent les poingz clos.
Jà n'i eüst plus de repos,
N'atendu armes ne chevaus,
Mes jà en fust li plus vassaus
Mis tout à certes, se ne fust
Li rois qui dist qu'il n'i eüst
Nuls si hardis qui coup donast
Ne qui mellée començast
En sa court, que pas nel voloit;
Et la roïne va tot droit
As .II. chevaliers, si leur dist :

« Seignor vassal, si Diex m'aïst,
« Ce ne vaut rien, n'i pensez jà,
« Que jà bataille n'i aura.
— Dame, dist Meraugis, por quoi?
« Si m'aïst Diex, ce poise moi.
« Itant vous di enfin, sanz faille,
« Que mielz amasse-la bataille
« Et lui conquerre par espée,
« Qu'avoir la por noient trovée,
« Par quoi à henor me tornast.
— Je ne sai li quex s'en loast,
Fet ele, mes tant vous en di,
« Quant la bataille vous plest si;
« Ançois qu'à honte vous atourt,
« Ailleurs, non pas en ceste court,
« Porroiz comencier la mellée.
— Coment, ce dist Gorveins, est féc
« Cele court qu'il n'i puet avoir
« Bataille? — Sire, non au voir,
« S'ele pooit d'autre fin nestre.
« Mes enfin ceste n'i puet estre,
« Puisque li jugemenz est faitz.
— Je ne ving pas ceens as plaitz
« Dame, ce dist Gorveins Cadruz,
« Ançois i ving prover qu'à druz

« Me doit la pucele tenir.
« Se Meraugis veult maintenir
« Ceste guerre, mult en aura.
« Jà pour le roi ne remaindra,
« Qui a sur vous mise sa court.
« Certes assez le tenez court,
« N'à moi n'en poise mie tant,
« Quant ce derrieres va devant,
« Et je sui ceenz forjugiez.
« Mes itant voil que vous sachiez
« Que vous me forjugiez ma part.
« Bien me tendriez à poupart,
« Si de tant estoie apaiez ;
« De noient seroie paiez.
« Por ce me plaing, et si ai droit,
« Qu'en ceste court cloche le droit. »

G'orveinz s'en vet, n'i atent plus.
Lors remaint el pales là sus
Meraugis liez, quant li rois dist
A Lidoine qu'ele saisist
Meraugis de sa druerie,
Ensi qu'il fust sanz vilainie.
« Sire, dient li chevalier,

« Il est droitz, que par un beisier
« Il saisisse la damoisele. »
Quant Meraugis ot la novele,
Et qui dont joiant, si lui non?
S'il en fu liez, il ot raison,
N'à lui n'en pesa pas, ce croi.
« Par le comandement le roi
« Et par le los de la roïne,
« Dist Lidoine, ceste saisine
« Lui souffrerai par vostre esgart;
« Mes à tant en prendra sa part
« Jusqu'à un an de ce jour d'ui,
« Que je n'aprocherai de lui,
« Por nul solaz, qu'à ceste foiz,
« Devant un an; et bien sachoiz,
« Et de tant le voil aquointier,
« Que s'il ce fait qu'à chevalier
« Afiert à faire por s'amie,
« Apres cest an ne dit je mie
« Qu'il n'ait autre solaz de moi.
« Et s'itant lui promet ma foi
« Qu'à ceste foiz sera einsi
« Que jel nomerai por ami
« Et tendrai por mon chevalier.
« Le non sanz plus et le beisier

4

« A ceste foiz emportera ;
« Et quant au chief de l'an vendra,
« Selonc ce que j'aurai oï
« De lui bien dire, tant vous di,
« Alors lui ferai un biau don
« Selonc sa proesce et son non,
« Ou il m'aura du tot perdue. »
Meraugis qui l'ot entendue
Respont et dist en audience :
« Iceste douce penitence
« Que vous m'avez enjointe ci,
« Reçoi je et la vostre merci
« De ce que comander vous plest,
« Car nules riens ne me desplest
« Qui vous plaise à comander non,
« Desour la joie de ce non
« Que je sui vostres chevaliers. »
Sachiez, adonc fu li beisiers
Donez, voire sanz nul arest.
Dist Lidoine : « Je vous revest
« De m'amour, si com je devis. »
Et lors lui tendi son douz vis
Et sa douce bouche riant.
Meraugis qui se traist avant,
L'a prise par son douz menton,

Et sachiez que nous ne mentom,
Qu'il la beisa mult doucement
De la bouche tant seulement;
Non pas certes ce ne fist mon,
Ainz i vint à procession
Ses cuers qui mult le desira.
Savez vous que il emporta,
Et de quels mors il fu emplis?
A un mot il fut raemplis
En ce baisier de touz les biens,
Si plainement qu'il n'i faut riens,
Que bons chevaliers doie avoir.
Par ce beisier poez savoir,
Quant itel proesce enlumine,
Que mult auroit ailleurs mescine,
Mescine certes s'auroit mon.
Mes plus auroit en mon sermon
Et maintes foiz vous sermonasse
De lui, si d'itant ne doutasse
Que li sermons vous anuiast.
Por ce et por ce que me hast
De la matire reconter,
Vous fais ci le sermon ester;
Mes du beisier vous voil je dire.
Et quoi a il donc à redire?

Qu'il ne fust douz et precieux;
Nenil, mes il en ferist deus
A l'assembler. Ferist, coment?
Lidoine vint tant doucement
Qu'un pointz d'amours de lui issi;
Le chevalier es ielz feri,
Qui encontre Lidoine vint,
Si qu'au point du beisier avint
Qu'il lui lança el cuer dedenz;
Onques ne l'y feri es dentz
L'amour, quant ele fu lanciée.
— Hé, Diex! de quoi fu arachiée
L'amour qui dedenz lui vola.
Nesai, mes ses cuers l'engoula
Aussi com li poissons fet l'aim;
Et quant li cuers lui dit : je l'aim,
Si n'i a plus, amer l'estuet;
Et si ne set dont ce lui muet,
Fors itant qu'ele se prent garde
En l'eure que si le regarde,
Que l'amour naist de l'esgarder,
Et por ce s'en voudra garder.
Une grant piece s'en garda,
Qu'onques vers lui ne regarda,
Garda, voire, dont fu ce force,

Car ses cuers qui touz jours l'esforce,
De lui esgarder le destraint.
Li cuers qui par force la vaint,
Lui dit : bien le pues esgarder.
Lors ainsi, comme por taster,
Le feri des ielz une foiz
Et amour se fiert en la roiz.
Qu'est roiz ? qu'apel je roiz ? les iels,
Et dont nel sai je nomer mielz ;
Par quoi on voit ançois si eil
Que par tel roiz, com sont li œil,
Nenil, por quoi l'on voit au cors
Que li œil peschent les amors.
Par tant poez des ielz aprendre
Que c'est la roiz à amors prendre.
C'est voir, et aprendre vous voil
Que par tel roiz, com sont li oil,
Pescha le cuers qu'il desiroit,
L'esgart dont cele se cuidoit
Garder ; mes il a dit devant
Que preïst il de s'amour tant
Qu'uns autres en feïst à mains,
Et lors quant ses batiax fu plains
Lidoine se merveille et dist :
« Je l'aim ; non faz ; si faz, je cuit.

« Et je de quoi, si ne l'amasse,
« Jà de m'amour ne lui donasse
« Terme. Non voir, je ne l'aim pas. »
Or se retraist arriere un pas
Et or en revient deus avant;
Mes en la fin par son creant
S'acorde à ce qu'ele est s'amie.
Mes de tant ne se joue mie,
Que lui a mis terme à un an;
Ainz se demente de cel an,
Et sachiez que mult lui pleüst
D'acourcier l'an, s'ele peüst,
Qu'onques mes de riens n'ot tel faim
Com de changier l'an por demain.

pres ce n'ot plus de respit;
Li rois demande l'eve et dit
A ses barons : « Venez laver. »
Lors veïssiez vaslez aler
Et puceles de riche atour.
Coustume estoit à si haut jour
Que les damoiseles servoient
Devant le roi; jà i estoient
Les plus gentes de la meson.

Li damoisel de grant renon
Servoient devant la roïne ;
Et lors n'i ot point de termine,
Li rois s'asiet, li mengiers vint.
Des mes dont i ot plus de vint
Chargent et cœvrent tot le dois.
Et qu'en diroie ? Comme rois
Fu li rois servis au disner.
Ançois qu'ils voussissent laver
Ne demora pas longuement,
Ez vous sour un cheval bauçant
Uns nains si laidz qu'il ne pot plus.
Quex ert il dont ? Il ert camus ;
Camus s'iert mon por estre laidz,
Car devant ce que il fu faitz
Ne fist Diex chose si camuse.
Li nains qui touz jours fait la muse,
S'en vient devant le roi et dist :
« Rois, entent à moi un petit.
« Escoute moi, fai ta gent taire.
« Rois, coment puez tu joie faire ?
« Une merveille te vieng dire.
« En ceste court ne doit nuls rire,
« Ne doit non, mult i a por quoi.
« Rois, esgarde tot entour toi.

« Gawains tes niés est il ceenz?

« Nenil, voir ; or est ce noientz

« De ta court que soit mesdoutée ?

« Non, car ta court est escornée

« Du meilleur chevalier du mond.

« Rois, tu descentz aval du mont

« Quant tu dois contremont monter.

« Por quoi ? Or le te voil conter.

« Sera ce por ton bon ? nenil.

« Di, rois, dont ne te membre il

« Que mesire Gawains parti

« Oan à rovoisons de ci,

« Por l'amour de ta cort conquerre ?

« Rois, tu sez bien qu'il ala querre,

« Par ton los et par tes losenges,

« De l'espée as estranges renges

« La merveille; si m'esmerveil

« Que tu n'en prens autre conseil,

« Car il te dist, sel sai par lui,

« Qu'il seroit ci à cel jour d'hui,

« Por qu'il fust sains en sa baillie.

« Rois, or ses tu bien qu'il n'est mie

« En son pooir, quant il ne vient.

« Por ce me merveil dont ce vient.

« Qu'en ceste court puet joie avoir.

— Ha! dit li rois, nains, tu dis voir.

« Sanz faille hui dust mes niez venir. »

Li rois qui ne se pot tenir

Souspira et mua semblant,

Car tant fu plains de mautalent

Por lui, que bouche ne puet dire.

Trestuit li autre sont plain d'ire,

Qui or erent joiant et baut.

Li rois à cui sour touz en chaut,

Parole au nain et dist : « Amis,

« Itant me dit, est Gawains vifs

« Ou en prison ? nel celez mie.

— Jà de la mort ne de la vie

« N'auroiz par moi avoiement,

Fet li nains, fors tant seulement,

« S'en ceste court a chevalier

« Un seul, qui tant s'osast prisier,

« Qui se levast por demander

« De lui où en orroit parler.

« Viegne avant, ou vieil ou meschin,

« Ou si ce non, ce est la fin,

« Que james n'en orres avant.

« Mes ainz que chevaliers se vant

« De ceste queste, tant vous di,

« S'il ne se sent à mult hardi,

« Je lo que jà n'en soit pensé
« Par lui. Por quoi? or soit posé
« Qu'il n'a nul meillour chevalier
« El mond, si n'os je pas plegier
« Que james rentre en ceste terre.
« Mes seulement por los conquerre,
« Et por le bien c'on en dira,
« Or soit oï qui s'eslira
« D'aler enquerre les noveles
« Du chevalier as damoiseles. »

Li rois qui a le naim oï
Voit qu'entour lui sunt mui,
Si chevalier, si l'en pesa;
Car de quan que li nains parla
N'i ot nul qui en fist semblant,
Fors Meraugis qui dist itant :
« Sire, si ma dame plesoit,
« Li chevaliers ma dame iroit
« En ceste queste; priez li. »
Cele respont : « Vostre merci,
« Amis, j'en sui toute priée;
« Car mult me plaist et mult sui liée
« De ce qu'ainsi l'avez empris;

« Et por ce que mielz vous em pris,
« Me plest et me vient en corage
« D'aler o vous en ce voiage,
« Par treves, si tant volez faire,
« Que les aie jusqu'au repaire. »
Li chevaliers respont apres :
« Vous portez la treve et la pes ;
« Que poez vous plus demander ?
« Il ne vous faut fors comander ;
« Je ne vous desdirai de riën.
— Ces paroles s'acordent bien,
Se dist li rois, cui point n'en poise.
« Mult fist la dame que courtoise,
« Et cil dist que francs chevaliers.
« Jel di por ce que volentiers
« Le font, que bien leur en vendra.
— Jà devers moi ne remaindra,

Dist Lidoine, cest bien à faire ;
Ne por quant mielz me peüst plaire
« La proesce, s'ele est en lui,
« Par mon veoir que par l'autrui.
« C'est voirs, en ce n'a que redire ;
« Savoir vaut mielz que oïr dire,

« Por ce me plest sa compaignie. »
Quant li nains ot Lidoine oïe,
Son frain tire, si s'en retorne,
Et Kex qui vers le nain se torne,
L'esgarde et dist : « Camuse chose,
« Ça vien, descen, si te repose,
« Et si atent ta compaignie. »
Li nains qui ne s'engraigne mie
Retorne et dist : « Mesire Keus,
« Tous jours avez esté itieus
« Et touz jours serez en ce point.
« Vostre langue qui touzjours point,
« A maint vilain gabé sovent;
« Mes d'itant sunt mult decevant
« Vostre gabois et apeuri,
« Que touz li monds dist de vous fi.
« Un gieu vous part : que volez faire?
« Si mielz amez tencier que taire,
« Veez moi tot prest de tencier. »
Et Kex qui plus n'osa groucier,
Se teust et li nains s'en ala.
Voirs est que li rois l'apela,
Mes onques retorner ne vost,
Et li chevaliers, au plus tost
Qu'il pot, s'atorne du movoir.

Et qu'en diroie à dire voir?
Monté sunt et praignent congié.
Li jours fu froids, qu'il ot negié
La matinée; et tout einsi,
Li chevaliers qui s'en issi
Entre lui et la damoisele,
Chevauche la route novele
Par là où li nains est alez,
Li quex est de l'errer hastez,
Tant qu'a passé le bois plessié,
Et vit illuec trestot à pié
Le nain, voire, jouste un essart.
Li nains qui de honte a sa part,
Erre, mes c'est le petit pas.
La voie est haute et li bois bas,
Si que li nains ne puet aler.
En lui avoit biau bachelier,
Quant il se partit de la court,
Mes or le voit camus et court
Et boselé de felonie;
Et li chevaliers li escrie
Si tost, com il l'ot aprochié :
« Qu'est ce qui t'a deschevauchié?
— Qui? fet li nains, frans plains d'amour,
« Car change honte por honour.

— Par foi, ce dist li chevaliers,

« Le chanjasse je volentiers.

« De la honte n'i ai je point.

— Non ci, mes el t'atent à point

« Mult grant et à tel chose monte

« Que chevaliers i auront honte,

. « Quant il orront parler de toi,

« Se tu n'en es salvez par moi.

« Jà n'i faudras, mes or entent.

« Por cele honte qui t'atent

« Te donrai je autretant d'honour,

« Se tu me rens mon chaceour.

— Dont l'auras tu ; di moi, qui l'a ?

— Qui ? Cele viele qui est là

« A l'entrée de cele lande,

« Le m'a tolu. » Lors lui demande

Li chevaliers, lui dist : « Por quoi ?

— Ne sai, mes ele vint pres moi ;

« Si m'asailli. Que vous diroie ?

« Atant en est la honte moie,

« Quant je sui premiers abatus.

« De ce que j'ai esté batus

« Ne tenisse jà plet ne conte ;

« Mes mes chevals de quoi j'ai honte

« Me fait pleder ; va, sel me rent. »

Et li chevaliers erraument
Hurte et si va poignant apres,
Et esgarde, quant il fu pres,
La vielle qui mult fu chenue
Et grant et hardie et ossue;
Mes de si grant aïr estoit,
Que toz li mons geloit de froit,
Et el chevauche desfublée,
Et fu d'autel robe atornée,
Com ce fust enz el mois d'esté.
Qu'en diroie? Bele ot esté
Et mult se tient et noble et quointe.
Se viellece ne l'eüst pointe,
Ele fust tres bele à devise.
Deliée fu par quointise;
Si ot cercel d'or en son chief.
Mes itant i ot de meschief
Au cercel metre, que li crin
Estoient blanc de regarin;
Mes de ses jours bel deport ot.
Le frain au cheval le naim ot
Abatu, sel tint à plain poing,
Dont ele va chaçant de loing
Le cheval au naim; si vous di
Qu'ele ot du frain le naim laidi

Et batu tant qu'assez en ot.
Ele s'areste quant ele ot
Le chevalier qui la sivoit.
Ainsi li chevaliers venoit
Et la vielle qui tint le frain
S'areste, et fiert arriere main
Le chevalier enmi le vis.
Li chevaliers a le frain pris,
Si sache et la vielle le tint.
« Qu'est ce? fet ele, ce n'avint
« Que je voi, non ce n'avint onques.
« Coment, ferriez me vous donques,
« Danz chevaliers? — Dame, je non,
« Mes par celui qui Dieus a non,
« Vous n'estes pas vers moi cortoise. »
Cele respont : « S'il vous en poise,
« Tant me siet mielz; fuiez de ci.
— Avoi, damoisele, merci;
« Ne soiez mie si seurfaicte.
« De la honte que m'avez faite
« Vous claim je quite, tot le droit;
« Mes que tant faciez orendroit
« Que rendez le cheval au naim.
— Volez, fet ele, que vous aim?
— Oïl. — Dont n'en parlez james,

« Que jà ne l'enmainrez en pes,
« Se par force nel me tolez.
« Ne por quant, si vous tant l'amez,
« Que faciez ce que vous dirai,
« Vez le ci, et jel vous rendrai ;
« Jà n'i aura plus atendu.
« Veez vous là cel tref tendu,
« Sour cel fraisne, où cel escus pent.
« Si tant me fetes seulement
« Que vous ailliez l'escu abatre,
« Jà puis ne m'en verrez combatre ;
« Mes preigne le comme le sien. »
Et cil qui faire le veult bien
Du tot à la vielle et au naim
Respont : « Par ma dame que j'aim,
« De ce ne vous faudrai je jà. »
Lors s'eslesse ; quant il vint là,
L'escu abat, mais au repaire
S'areste et oït un duel faire
Si grant dedenz le paveillon,
Qu'onques mes duel, si cestui non,
N'oï où tant eüst plouré,
Ainsi a cel duel escouté
Tant qu'il revoit de l'autre part
La vielle qui du naim se part ;

5

Si lui a son cheval lessié.
Le sien cheval r'a eslessié
Li chevaliers et est alez ;
Au naim qui jà estoit montez
Parole et dist : « Naim, or me conte
« Coment j'aurai honour por honte. »
Et li nains qui fu plain d'anui,
Respont : « Je n'ai pas jour à hui
« De ce que vous me demandez.
« A Dieu soiez vous comandez,
« Car ce vous vendra bien en point. »
Lors fiert de s'escourgie et point
Quanque ses chevals lui puet rendre.
Li chevaliers n'i puet plus prendre,
Mes au diable le comande.
Au tref qui fu enmi la lande
Retorne, car savoir voudra
Dont cil duels est, quant il vint là.
El tref entre ; si a trovée
Une damoisele montée
Sus un mul ; en sa main tenoit
Un glaive. Jus el tref avoit
Deux autres dames qui font duel
Si grant, que par semblant leur vueil
Moroient ; mes ainz ce n'avint.

Lidoine qui or ainz i vint,
Leur fet de plorer compaignie.
Quant li chevaliers voit s'amie
Qui pleure, à poi qu'il n'est desvez.
« Qu'est ce, fet il, por quoi plorez? »
Et la pucele respondie :
« Sire, je plour, car j'ai pitié
« De ces dames qui tel duel ont ;
« Et si sai bien qu'eles le font
« Por la pitié de cel escu.
« Mal ait la dame tant vescu,
« Par cui conseil vous l'avez fet.
— Coment a il dont tel mesfet
« Fet cil qui nul mal ne pensa?
« Nenil; n'en plorent eles jà,
« Car c'est legier à amender. »
Lors prent l'escu, sel va porter
Arrieres là où il pendoit.
Et quant la pucele ce voit,
Qui ert montée sour le mur,
Si dist : « Or est plus à seür
« Li escuz qu'il n'iert à la terre.
« Nuls ne vous en doit plus requerre ;
« Bien vous en estes aquitez. »
Cil qui entent qu'il est gabez,

Respont : « Hui mes ne sai je rien.
« Or cuidai je faire mult bien.
— Mult bien jà si avez vous fait. »
Lors fiert son mul ; atant s'en vait
La lance el poing et ne dit plus ;
Et celes qui sont el tref jus,
Plorent et vont criant après :
« Va t'en, sanz revenir james. »
Et cele qui s'en vait amblant
Escoute, mes n'en fet semblant
Que de leur duel à rien lui soit.
Li chevaliers de ce qu'il voit
Se merveille et ne set que dire,
Fors itant dist par mult grant ire :
« Diex, tant m'en poise! C'est par moi
« Que cist duels est, ne je ne voi
« Par quoi j'en puisse oïr noveles.
. . « Ha, » fet il as deux damoiseles
Qui remainent, « dames, merci !
« Ançois que me parte de ci,
« Car me dites, si vous savez
« Dont cist duels est que vous avez,
« Par si que je vous covenant,
« Coment que li meschiez soit grant,
« Si c'est que jel puisse amender,

« Je le ferai, sanz demorer,

« Tot mon pooir entierement ,

« Car mult me poise durement

« De vostre duel, si n'en puis mes. »

Et celes responent après :

« Danz chevaliers, c'est chose outrée

« Que jà n'iert par vous amendée,

« Ne por pooir que vous aiez.

« Mes d'itant ne vous esmaiez,

« Se vostre dame un petit pleure

« Por vous ; encor vendra une heure

« Qu'ele plorra, mes s'iert por nous.

« Li duels qui or lui muet de nous,

« Lui tornera tout autrement,

« Car ci n'a fors comencement

« De plorer, si plorons ainsi,

« Ele por nous et nous por li. »

Li chevaliers s'est corouciez

Et dist : « Or sui je menaciez ?

« Si ne sai de cui ne por quoi.

« Hui mes ne me tendrai je coi,

« Car coardise sembleroit. »

L'escu qui al fraisne pendoit

Reprent as mains et giete loing

Et dit : « Dames, un don vous doing,

« Que ge girai ceenz à nuit,
« Cui qu'en poist, mes qu'à vous n'anuit.
« Lors si verrai qu'en avendra
« Sempres, quant mes hostes vendra. »
Et celes responent : « Biau sire,
« Ne vous volons pas contredire
« L'ostel, itel com nous l'avons.
« Sanz ce jà gré ne vous saurons
« De l'aler ne du remanoir,
« Ne nous n'en volons gré avoir.
« Se mal ou bien vous en venoit,
« Ne dites pas que par nous soit. »
— Non ferai je ; je n'en quier plus
« Que vostre gré. » Lors descent jus
Et dist : « Ceenz est mes hostiex.
« Or verrai je qui sera tiex
« Qui le me voudra contredire.
— Avoi, fet Lidoine, biau sire,
« Tenez vos pes. — Si faz je, dame. »
Atant s'asiet et dist : « Par m'ame,
« Coment que li jaians ait non,
« Je ne demant si guerre non. »

E l tref la nuit remest ainsi
Li chevaliers; mult l'ont servi
Les deux dames à leur pooir.
De quan qu'eles porent avoir
L'honorerent; mes si avint
Qu'onques la nuit au tref ne vint
Chevaliers nuls de nule part;
Et lors, quant la nuis se depart,
Se pot Meraugis merveillier.
Si fet il plus qu'il ne fist ier
Et dist, quant au tref ne vient nuls,
Que là ne gueitera il plus.
Au cheval vint, si met la sele.
Quant montée ot la damoisele,
As dames vient et prent congié
Et dist : « Dames, or ne sai gié
« Que dire, quant nuls ne repaire
« En ce tref. Je n'en puis plus faire,
« Ainz m'en vois; et sachiez de voir
« Que vostres sui à mon pooir
« En tous les lieus où je porroie.
« Mes encore vous prieroie
« Que me deïssiez verité,

« Por quoi cist duels a ci esté
« Et qui est sires de ceenz? »
Celes responent : « C'est noienz.
« Jà plus ne vous en dirons ore;
« Vous le sauroiz assez encore. »

E t quant li chevaliers l'entent
Son frain tire, plus n'i atent;
Lors s'en va et s'amie o lui.
Ainsi chevauchent ambedui
Parmi la grant forest oscure,
Tant qu'à un gué, par aventure,
Ont un chevalier encontré,
Qui va criant : « Ohé, ohé!
« Voire, si vous dirai por quoi;
« Ici au gué joustez à moi. »
Li uns vers l'autre s'adreça.
Li nostres chevaliers par deçà
Se merveille de ce qu'il voit,
Que cil qui ist du gué n'avoit
Frain, ne chevestre, n'esperon,
Ne n'avoit verge, ne baston,
Fors la lance et l'escu adroit;
Mes de si grant biauté estoit,

Que nuls plus bels ne seüst querre,
N'onques ne fu, en nule terre,
Nuls chevaliers veüz as ielz
A cui armes seïssent mielz
Qu'à lui. Au chevalier escrie
Qui vient : « Chevalier, ne vien mie
« Avant. Se tu viens jusqu'as pas,
« La jouste auras isnele pas. »
Et cil respont, qui l'entent bien :
« Ce me plest mult, chevalier, vien.
« Jà l'auras, quant tu m'as desfié. »
Et cil, quant il fu hors du gué,
Besse sa lance, si s'eslesse
Por jouster et Meraugis lesse
Cheval aler, que point nel doute.
Cil qui i met sa force toute,
Donne à Meraugis sour l'escu
De sa lance, par tel vertu,
Que sa lance peçoie en deus,
Et Meraugis li merveilleus
Brandist sa lance, sel fiert haut
Si droit qu'il porte en mi le gaut
Le chevalier et son cheval
Tot en un mont; mes n'ot nul mal
Li chevaliers; en piez revient,

Sempres de l'espée qu'il tient,
Se va desfendre et vient avant
Vers Meraugis qui dist itant :
« Esta, qui viens, ne m'aprochier ;
« Car va remonte en ton destrier,
« Je t'en doins bonement congié. »
Cil respont : « Mal an aie gié,
« Si je remont, quant je sui jus ;
« Tant sui je pis, quant je sui sus.
« Cuides tu que por ce te faille ?
« Certes nenil ; à la bataille,
« N'en doutes, jà ne te faudrai. »
— Jà à cheval ne t'assaudrai,
Fet Meraugis ; honte en auroie. »
A pié descent en mi la voie.

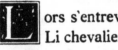ors s'entrevienent par esforz ;
Li chevaliers qui mult fu forz
Assaut et giete un cop du plus
Si grant, qu'au venir de là sus
Despiece et fent quan qu'il consuit ;
Et Meraugis qui bien l'ensuit,
Lui vient encontre, et se defent
Si bien qu'il lui despiece et fent
Quan qu'il consuit avant l'espée.
Trop a duré ceste mellée
D'els, voire certainement, mes
Li chevaliers fu mult engrés

Et hardiz; mes plus est encore
Meraugis preuz, et fiers est ore
Cil por quoi si hardi le trœve,
Tant qu'en la fin si bien se prœve
Qu'il le vaint et qu'il le conquiert
Si outre que cil lui requiert
Merci, et Meraugis lui prie :
« Di m'avant que ce signefie
« Que tu n'as frein n'esperon; di.
« Ce te covient ou jà d'ici
« Ne partiras. » Et cil qui crient
La mort, respont : « Dont ce me vient ?
« Volentiers le vous conterai.
« Oiez por quoi; jel vous dirai.

i rois Percis de Sabraan
          « Tint, à Pasques aura un an,
« Court si riche qu'onques ne fu
« Si riche. Tuit furent venu
« Li chevalier de cele terre.
« Li rois les fist mander et querre
« Par touz les lieus; mult en i vint.
« Des meilleurs chevaliers bien vint,
« Ainz que la court fust departie,

« L'uns por l'autre par hautie
« Firent veuz. Oiez qu'il vouerent.
« Oianz les dames se vanterent.
« Guifrez qui le premier veu fist
« De chevalerie, si dist
« Que de tot l'an ne porteroit
« Hauberc ne hiaume; ainz jousteroit
« Touz desarmez, fors son escu.
« Li gentilz Riolanz qui fu,
« Voua que james ne gisroit
« En covert, devant qu'il auroit
« Conquis chevalier en bataille.
« Li Laiz hardiz de Cornoaille
« Fu à la court; si se dona
« As dames et si lor voua
« Que jà pucele de si loing
« Nel requerroit à son besoing,
« Qu'il n'i alast, sanz conseil prendre.
« Gaheriet lor fist entendre
« Que tout cel an chevaucheroit
« Issi, que jà n'encontreroit
« Chevalier nul, por qu'il menast
« S'amie, qu'il ne la beisast
« En pes, ou tant se combatroit
« A lui, que li uns en seroit

« Si las qu'il en auroit ades.

« Et li cruels Sigurades

« Voua que de tout l'an entier

« Ne conquerroit il chevalier

« Par force, qu'il ne l'occeïst.

« Que vous diroie? Chascuns fist

« Son veu; et je qui là estoie,

« Me porpensai que je feroie

« Tel veu que nuls n'oseroit faire.

« Adonc leur dis, si les fiz taire :

« Que de tout l'an n'auroie frain,

« N'esperon, ne verge en ma main,

« Por ce que james ne ferroie

« Mon cheval, ne ne li toldroie

« Chemin por nul autre doner.

« Mes tout cest an sanz retourner

« Iroie, tant que troveroie

« Plus fort de moi. Que vous diroie?

« Einsi ai tenu mon chemin

« Tant qu'or sui venuz à la fin,

« Que tu m'as conquis et maté :

« Or fai de moi ta volenté. »

il lui respont, qui à droiture
    Lui dist : « Tu vas par aventure
« Plus que nuls, si n'as pas enfrait
« Ton veu, por ce que je t'ai fait
« Conoistre que je sui plus preus
« De toi. C'est tout ; mes se tu veus
« Merci avoir, si te covient
« Aler là dont ma route vient,
« Tout ce haut bois. Quant tu vendras
« Outre ce bois, si troveras
« Deus dames en un paveillon
« Qui font duel ; en la leur prison
« Te metras, si diras por quoi
« Et les salues de par moi. »
Cil dist, quant il ot escouté :
« Coment, i avez vous esté
« Al tref? — Oïl, g'i ai geü.
— Vous ne touchastes pas l'escu
« Qui pent? — Si fis, je l'abatié.
— Voire, mal avez esploitié.
— Et je, de quoi? — Vous ne savez ?
« Li diables est eschapez,
« Qui devant estoit en prison.

« Or s'est par malveise acheson

« Li païs tornez à hontage.

« Ne comandez mes tel outrage

« Que j'aille au tref; pas n'i iroie

« Por morir; non, ainz soufreroie

« Qu'on me coupast ceste main destre.

« Ci meïsme fet malveis estre

« A vostre eus. — A mon eus, por quoi?

« Or me covient savoir par toi

« Cui est li escuz? — Jel vous die

« Volentiers. Vous ne savez mie

« La verité, je la sai toute.

« L'Outre doutez qui riens ne doute

« Et tant chevaliers a vaincuz,

« L'y fist pendre. — C'est ses escuz?

— Voire et si vous dirai por quoi.

« L'Outre doutez dont je vous doi

« Conter, ce est li plus cruels

« Qui onques fust et si est tiels

« D'armes que nuls ne l'ose atendre.

« C'est une merveille à entendre

« Que de ses faitz, mes ne por quant

« Sa proesce et son hardiment,

« Or escoutez com il l'emplie.

« Se il savoit, n'en doutez mie,

« Bien loing un chevalier qui fust
« Si preus que touz li monds seüst
« Sa proesse, james n'auroit
« Joie devant que il l'auroit
« Mort ou honi, sanz acheson.
« Il ne voudroit mie raison
« Avoir en lui ; non, mult la het
« Si durement que quant il set
« Bataille à fere, si enquiert
« Li quex a tort ; après requiert
« Le tort por faire la bataille.
— Por quoi ? — Il vielt que li tortz aille
« Devant le droit par son outrage ;
« Et s'il cuidoit avoir droit gage,
« James à son jour ne vendroit ;
« Ainz vielt en tort muer le droit.
— Voire ; touz jours mult par est tortz,
« Et si est droitz, dont n'est ce tortz.
« Oïl, ce n'est reson ne droitz
« Qu'uns homs puisse estre et tortz et droitz
— Si puet ; li membre sont defors
« Droitz, mes li cuers lui cloche el cors
« Qui lui fait sa reson tortue,
« Si torte que de son tort tue
« Le droit ; par tant di orendroit

6

« Que l'œuvre est torte en l'omme droit.

« C'est voir; mes plus i a encore.

« Il est tels, s'il encontroit ore

« Un chevalier qui conduisist

« S'amie; ainçois qu'il lui disist

« Un seul mot, jà lui couroit seure;

« Et s'il en venoit au deseure,

« Il honiroit la damoisele,

« Voiant lui; ce n'est pas novele.

« Enfin tant est de males mours,

« Antan avint, li diex d'amours

« Qui fait les durs cuers souploier,

« Lui fist qu'il li covint proier

« Une dame; si la requist

« D'amours, et la dame lui dist

« En fin que jà ne l'ameroit.

— Por quoi? — Porce que il estoit

« Si mauls. Et cil qui fu sourpris

« Des amours qui tant en ont pris,

« Proia et dist que il feroit,

« Comandast quant qu'ele voudroit.

« Que vous diroie? El creanta

« Son bon; mes ançois il jura

« Sour saintz que james n'occiroit

« Homme, ne tort ne lui feroit

« Devant qu'alcuns lui forfeïst ;
« Et plus voult ele qu'il feïst.
« Oïl, ele le fist entrer
« En sa terre et après jurer
« Sour saintz que james n'en istroit
« Por rien, si por vengier n'estoit
« Sa honte, s'om lui avoit faite.
« L'Outredoutez qui n'a souffraite
« Fors de mal faire, que lui plaist,
« Des ores fist en la forest
« Son escu pendre en cele place,
« Por ce qu'il vielt qu'on lui mesface.
« Lors si sera hors de prison ;
« Estez vous que s'à desreson
« Est departis, por ceste angoisse
« N'est nuls si hardis qui conoisse
« Le rouge escu au noir serpent,
« Qui ose aprochier d'un arpent
« Du paveillon ne de l'escu ;
« Seul de le voir sont tuit vaincu
« Li chevalier de ceste terre. »
Dist Meraugis : « Dont le va querre,
« Je cuit, une autre damoisele
« Que je trovai ; s'iert la mains bele
« Des trois ; si tenoit une lance

« En sa main. Quel signefiance
« Est ce? Sez en tu dire rien?
— Oïl, et si connois mult bien.
« Cele sans faille va lui dire.
« Diex la het mult. — Qu'est à redire
« En lui? — Ele ert là por gaitier
« L'escu. N'avoit autre escuier
« Li chevaliers, quant il erroit;
« Mes la lance avec luy portoit
« Tres icele eure qu'il lessa
« Son escu, et por ce bailla
« Sa lance à celi, qu'il vousist
« Qu'aucuns par force lui tousist,
« Si ne fust fors par ce mesfet.
« Or est einsi ; cele s'en vet,
« La lance el poing, qui lui dira ;
« Et quant l'Outredoutez venra,
« Plus en sera qu'onques ne fu,
« Fel et cruel ; de quoi ont eu
« Les dames duel. — Porquoi le font?
— Sire, por ce que eles sont
« Franches, si heent le forfet.
« Autant com cele qui s'en vet
« Het le bien, heent cels l'outrage.
« Jà pour destourber cest damage

« Ont conversé un an entier ;
« Et cele i est pour atisier
« Le mal, qui james par son vueil
« Ne faudroit, et celes ont dueil
« Por ce que verront eissillier
« A la venue au chevalier
« Le païz : sa grant desreson
« Metra avant et en prison
« Reson, qu'il a desraisonnée
« Fortune, qu'il lui a donée
« La colée dont ele est morte.
« Or vielt chascunz clore sa porte ;
« Jà contre lui n'en istra nus.
« Là où il vient, il n'i a plus ;
« Mes tuit dient par verité :
« Fuiez, vezci l'Outredouté.
« Or vous ai je dit tot por quoi. »
Dist Meraugis : « Quant c'est por moi,
« Si je cuidasse anuit trover
« Le chevalier ; du retorner
« Fust acertes li consaus pris.
« Mes j'ai un autre afere enpris,
« Por quoi je ne puis delaier
« En cest païs. Por apaier
« Les dames, vous covient aler

« Au tref. — N'en fet mie à parler.
— Si fet. — Non fet, pas n'i iroie.
— Tu si feras. — Je non feroie
« Por rien. — Si feras, par mes ielz,
« Ou jà morras. Qui te plaist mielz,
« Morir, ou fere mon mesage? »
Cil qui doute por son damage,
Se laist vaincre et dit : « Par mon chief,
« Sire, bien voi que cest meschief
« Me covient faire. Jel ferai;
« Mes de par cui, quant je vendrai,
« Me rendrai je, qui m'a conquis?
— As dames, de par Meraugis,
« Te rendras pris comme leur homme.
« Et tu qui es? Lors, si te nomme. »
Et li chevaliers dist après :
« J'ai non Laquis de Lampagrès;
« Or n'i a plus, mes comandez
« Vostre bon; si vous leur mandez
« Folie ou sens, je leur dirai
« Sans doute, jà n'en mentirai;
« Et si vous leur mandez sorfet,
« La honte, selonc le mesfet,
« En sera vostre et li mals miens.
— Va tout seür, ne doute riens,

« Por quoi je puisse chevauchier.

« Si tu trueves le chevalier,

« Retorne à moi tot erraument ;

« Et s'il n'i est, tant lui atent

« Qu'il viegne. Por Dieu, si conforte

« Les dames et honeur leur porte.

« Si tu le faiz, bien t'en vendra :

« Et quand li chevaliers vendra,

« Jà mar à lui te mesleras. »

— Que ferai donc ? — Tu lui diras

« Mon non, et di que je lui manc

« Que, por ce que je ne demanc

« De lui, si la meslée hon,

« Por mal et por honir son non

« Giettai son escu à la terre ;

« Et s'il en vielt venjance querre,

« Si l'amaine tot erraument. »

Ce dist Laquis : « Et je coment ?

« Vous alez là ; c'est vostre voie.

« Et je vais çà ; je ne sauroie

« Où vous querre. — Tu si sauras.

« — Et je coment ? — Tu siveras

« Trestoutes les voies à destre.

« Jà ne tornerai à senestre

« Por nul besoing, devant mardi.

« Bien m'en pues croire, quant jel di.
— Si faz je, sire. » Atant s'en part
Laquis ; Meraugis d'autre part
Reprent à destre son chemin ;
Or quiert l'emplumeor Merlin.

E t Laquis vient au paveillon,
As deus dames comme prison
Se rent, et dist enesle pas
De par cui. Encor n'estoit pas
L'Outredoutez qui rien ne doute,
Venuz ; et quant Laquis ot toute
Sa reson dite, si descent.
As dames dit que il atent
L'Outredouté et atendra
Tant qu'il viegne ; lors lui dira
Tout plainement ce qu'il a quis.
Celes qui conurent Laquis
Et qui pas ne veulent sa honte,
Lui prient : « Biax amis, remonte ;
« Si t'en va. Nous savons de voir,
« Si l'Outredoutez puet avoir
« De toi bataille, il t'occira. »
Laquis qui pas ne s'esmaia

Por riens qui lui doie avenir,
Sejorne tant qu'il voit venir
⅃ L'Outredouté. Coment vient-il?
Il vient aïrez comme cil
Cui samble qu'il doit tot le mond
Confondre; si com la nois fond
Tout devant lui, de son aïr,
Ainsi s'angoisse de venir
Au paveillon. Quant il fu près,
Si voit Laquis de Lampagrès;
Ses voisins ert, bien le conust.
D'un œil esgarde, après corust
Tot droit al fraisne, et quant il voit
Son escu qui aval gisoit,
Sel prent, et dist, quant il l'ot pris :
« Coment, diable, est ce Laquis
« Qui vient çà mon escu abattre?
« — Nenil — Si est, vien toi combatre.
« Nuls escondis ne t'i vaut rien. »
Laquis respont : « Ce ni je bien
« Que je nel fis ; ainz l'abati
« Uns à cui je me combati,
« Qui me conquist. » Trestout lui conte
Le voir, et plus i met en conte
Que Meraugis ne lui conta.

L'Outredoutez, qui escouta
L'orgueil que Meraugis lui mande,
D'aïr s'estut et lui demande :
« Quel part va il? — Jel vous dirai.
— Donc sera ce quant je t'aurai
« Conquis par force. Va monter,
« Il te covient à moi jouster.
—A vous, dit Laquis, non ferai;
« Je me renc pris et vous menrai
« Après lui. — Jà ne m'i menras,
« Ne voie ne m'i moustreras
« Devant que je sache, sans faille,
« Li quex est plus fors en bataille
« De nous, si te dirai porquoi.
« Si tu eres plus fort de moi,
« Ne sai porquoi j'alasse querre
« Plus fort; si je te puez conquerre,
« Ne te faing pas: itant te membre,
« C'est sanz mentir, tu perdras membre. »
Laquis respont : « Je deffendrai
« Mes membres, tant com je porrai. »
Qu'en diroie? C'est la parclose;
Ceste bataille est nule chose,
Qu'en petit d'eure fu vaincue.
L'Outredoutez, qui touz les tue,

Le vainct par force et l'a conquis.
Et les deus dames pour Laquis,
Crient merci, mes c'est noienz,
Qu'onques merci n'entra leenz
Dedens son cuer. Diex le maudie!
Por ce qu'il vielt que Laquis die
De Meraugis qu'il en a fet,
Le fiert et dit : « Quel part s'en vet?
« Nomme la voie. — Sire, à destre. »
Et il le prent devers senestre;
Si lui fet un des ielz voler
Et dit que c'est por assener
A la voie, qu'il ne l'oublist.
Mult l'a blecié, après lui dist :
« Laquis, jà plus ne te ferai
« Mal devant. Là lors t'occirai,
« Que j'aurai Meraugis vaincu.
« Et j'auroie mult bel vescu,
« Se je me venge de vous deus. »
Ce dist Laquis : « Jamais li deuls
« Que j'ai el cuer ne s'en istra,
« Devant que cele eure vendra
« Qu'il m'ait de vostre corps vengié.
« —Devant que l'aie detranchié,
« N'as tu garde; met t'à la voie. »

Lors s'en va, einsi le convoie;
Laquis l'enmaine après son mestre.
Les dames qui ne voudrent estre
El paveillon plus longuement,
S'en vont et plorent tendrement
Por Laquis. Or s'en vont einsi
Celes qui ont levé le cri.

L aquis maine l'Outredouté
Grant eirre, et mult se sont hasté
Por le chevalier aconsivre.
Einsi se hastent de lui sivre
Et Meraugis qui fu devant,
S'en va le pas et erre tant
Parmi la forest toutes voies,
Qu'au quarrefour de .iiii. voies
Est arivez. Quant il vint là,
Sa voie esgarde et si pensa
A Laquis qu'il ot envoyé
Au tref, et tant a delaié
Que li termes est trespassez
Del mardi qui lui fu nomez,
Si outre que jœdis estoit,

Et dist, por ce qu'il ne venoit,
Que bien pooit, sanz lui mesfere,
La voie qui lui poroit plere
Aler; après dist, non fera;
Mes por mielz faire, le tendra
Tos jors, s'il ne lest par besoing.
Atant s'en va; ne fu pas loing
Quant du bois li ist à travers
Li camus nains, li gouz despers.
Mot ne lui dist, ainz a levé
Un baston dont il a donné
Au bon destrier desus la teste ;
Hauce et refiert, et cil s'areste
Qui lui crie : « Nains, fui de ci.
« Pou s'en faut que je ne t'occi.
« — Tu m'ocirroies! » fet li nains.
D'angoisse tremble et tent les mains
Ses joint et dist : Pren le meillour.
« Vez ci la honte et ci l'honour
« Que je te doi por le changier.
« C'est la promesse d'avant ier
« Que je te fis. Quel le feras?
« — Fui, nains, jà ne m'i changeras
« Noient, ne rien ne te demanc.
« Va, au diable te comanc.

« Que viels? — Je voil que tu retornes.
« Si tu vas là où tu t'atornes
« A aler, tu auras la honte.
« — Coment? — Je te rendrai bon conte.
« Retorne arriere isnele pas,
« Que si tu vas avant un pas,
« Tu es honiz; por seul itant
« Que tu es venuz si avant,
« Te melle jà la honte as ielx. »
Li chevaliers qui aime mielx.
Honeur que honte, s'il pooit,
S'areste et dist que il iroit
Là où li nains voloit aler.
« Di, nains, où me viels tu mener?
« Où est l'onours? — Je t'i menrai.
— Maine m'y donc; si la verrai.
— Volontiers, sire.» Atant s'en vont
Arriere au quarrefour, et sont
Par une autre voie torné.
Dieu, com li nains l'a destorné
De grand honte! Coment? S'il fust
Avant alez, la nuit geüst
Sanz retorner dedenz l'essart
Où li hardi sont plus coart
Que lievre et li coart hardi

Plus que lions. Bien est issi,
Quant il s'en vont autre chemin.
Mult ont erré et en la fin
Quant il furent du bois issu,
Si ont de l'autre part veü
Un chastel, jouste une riviere,
Trop haut. Ne sai de quel maniere
Il fu assis sur une roche;
Mes a tant entailliez la broche,
C'est li plus biax du monde à chois.
Entre le chastel et le bois,
Virent en mi la praierie
La plus bele chevalerie
Qui onques mes fust assemblée.
Toute sa gent i ot mandée
Li rois Amargons qui tenoit
Court si riche, com il devoit
Tenir le premier jour de l'an.
Aussi com ils firent antan,
Estoient là por behorder
Venu. Li rois i fist porter
Son tref; devant le tref avoit
Une quintaine; là estoit
Toute la cort; et tout ce vit
Meraugis qui au nain a dit :

« Quex gent sont ce? — Sire, par foi,
« Ce est l'onours que je vous doi
« Changier por honte. Jà l'aurez
« Si grant que touz jours en serez
« Honorez ; or del chevauchier. »
Issi vont et à l'aprochier,
Devant le tref ont coneü
Le roy, et la roïne i fu
Jouste le roy, sour un perron.
Là furent tuit li haut baron
Assemblez. S'en i ot d'armez
Bien trente ; à tant les a esmez
Li chevaliers, ne mie à mains ;
A pié, les espées es mains,
Erent li trente chevalier.
Un en i ot, sour un destrier,
Armé, voire si à porfil
De toutes armes, comme cil
Où riens ne faut ; ainz fet semblant
Que de jouster ait bon talant.

Cil s'aprochent ; quant Meraugis
Fu près du roi, li nains l'a pris
Par la resne, sel maine avant

Devant le roi, puis dit itant,
Que tuit l'oïrent li baron :
« Sire, vezci mon champion.
« Faites m'en droit.—Naim, volentiers.»
D'entre les trente chevaliers
A ces paroles est issuz
Cil à cheval, et est venuz
Devant le roy; bien fu armez.
« Nains, fet li roys, cist est montez,
« Tous prest comme de lui desfendre.
« Que viels?—Je n'en quier conseil prendre,
Fet li nains, metez les ensemble,
« Car mes champions, ce me semble,
« N'en feroit concorde ne plet. »
Ce dist li rois : « Puisqu' ainsi vet,
« Que tu es sanz misericorde,
« Ne cil ne vielt pes ne concorde,
« Aillent ensemble; il n'i a plus. »
A ces paroles se trait sus
Li chevaliers qui por jouster
A pris l'escu; de l'encontrer
S'acesme. Quant Meraugis voit
Que par force lui convenoit
La bataille deduire as colps,
Pense et si dist : « Or sui je fols;

7

« Voire li nains m'ï tient sanz faille,
« Quant il, por faire sa bataille,
« M'a presenté devant ce roi.
« Si ne sai à cui ne por quoi ;
« Non, mes itant sai je por voir,
« Si je ne vueil plus honte avoir,
« Qu'à lui combatre me convient. »
Lors dist au nain qui vers lui vient :
« Est ce ce que tu m'as promis ? »
Li nains respont : « Sor vous l'ai mis.
« N'aiez doute ; jà n'en ferai
« Pes ne concorde, si je n'ai
« Ma querele et vostre honeur quite. »
Oiez quel traïson a dite
Li nains, que quant cil li oppose
D'un, il li respont autre chose,
Et tousjours dist : « Mes champions
« Qui est plus hardis qu' uns lions,
« M'a dit que jà pes n'en fera. »
Meraugis l'ot, qui pas n'osa
Dire : Tu mentz. S'il desdeïst
Son mestre, assez fu qui deïst :
Cist est vaincuz tot en estant.
Por ce se taist, mes il est tant
Vers lui iriez que plus ne puet.

Grant chose à en fere l'estuet,
Et puis que fere le covient,
Meraugis point, et cil li vient
Por assembler. Estez les vous
Ensemble, si que li retrous
Des lances volent vers les nues.
As chaples des espées nues
S'entreviennent, sanz menacier,
Si qu'il font les yaumes d'acier
Fendre et par force estenceler.
Proesce ne se puet celer ;
Mult se merveillent li baron
Où li nains prist tel champion.

En la fin, qu'en diroie plus?
Li champions au nes camus
A par force l'autre vaincu.
Contre terre, sor son escu,
Le tient à la teste couper.
« Sire, eles sont voz à marier »
Fet cil qui plus ne se desfent,
Et Meraugis qui pas n'entent
Qu'il vielt dire, jà l'ocesist,
Quant li rois sanz respit li dist :
« Laissiez, assez en avez fet.
« L'onours est vostre, il le vous let,

« Puis qu'à force l'avez conquis.
« Tenez mon gant, je vous saisis
« De l'onour et des damoiseles.
« Cent en i a qui mult sont beles,
« Qui sont à vous à marier. »
Meraugis ot le roi parler,
Si s'en merveille et dist au roi :
« Vous me donez, si ne sai quoi ;
« Ne sai si c'est prous ou damages ;
« Mes que j'i entencs, mariages
« De dames dont je ne sai rien. »
Donc dist li rois : « Vous savez bien
« Coment la feste est establie. »
Dist Meraugis : « Je nel sai mie,
« Mes s'il vous plest, jel voil savoir. »
Li rois respont : « Sanz decevoir
« Vous en dirai la verité.
« Il a touz jours coustume esté
« En ce royaume, qu'à cest jour
« Covient que tuit mi vavasour
« Et mi baron, où que il soient,
« S'il ont filles, il les envoient
« A ceste feste chascun an.
« Einsi come eles sont oan
« Covendra qu'en l'autre an i soient

« Toutes. — Por quoi les i envoient
« Leur pere, chascun an, einsi?
— Por ce que quant eles sont ci
« Et tuit li chevalier i sont
« Assemblé d'aval et d'amont,
« Si com vous veez à voz ielz,
« Cil que l'on voit qui jouste mielz
« Et qui puet sus touz desrainier
« Qu'il n'i ait meilleur chevalier,
« Si conquiert si grant dignité,
« Que du tout à sa volenté
« Sont les dames à marier,
« Qu'à son voloir les puet doner
« As chevaliers et departir.
« Mes s'il les vielt par eus partir,
« Qu'on ne lui tourt à vilainie,
« Au doner ne lui covient mie
« Qu'il les abest ne desparage.
« S'einsi les depart sans outrage,
« L'on lui atorne à courtoisie;
« Et s'ainsi soit qu'il n'ait amie,
« Il choisit cele que il veut.
« Einsi le faz, einsi le sieut
« Mes peres fer, com je devis.
« C'est l'onour dont je vous saisis

« Devant touz, car reson le prueve ;
« Ne quit qu'encontre vous se mueve
« Nul chevalier que g'y conoisse.
« Contre cestui, por nule angoisse,
« Si vous ne fuissiez çà venuz,
« Ne se fust chevaliers meüz,
« Qui por jouster s'osast eslire.
« Antan ot il, sanz contredire,
« L'onour qu'onques coup ne feri.
« Ainsi avint ; or est einsi
« Que vous avez l'onour conquise. »
Meraugis qui a l'onour prise
Et receüe par son gant,
Mercie le roi, mes itant
Lui dist : « Sire, jà ne lerai
« Le chevalier, ainz l'ocirai
« Si li nains n'a quan qu'il demande. »
Où que il soit le rois le mande ;
Il vient et dit sanz demorer :
« Sire, à vous est de moi doner
« Ma joie ; j'ai tout mon creant
« De celui que voi recreant,
« Qui à un mot sires estoit
« Sor touz, et tant se sorcuidoit
« Par sa force qu'il departoit

« Devant la feste et prometoit

« Les dames à sa volenté.

« A la Pantecouste, en esté,

« Tint cist rois court et il i vint;

« Après mangier en promist vint

« Des plus beles, toutes à chois;

« Et je qui en maint bon lieu vois,

« Ving devant lui mult à seür.

« Illuecques par son mal eür

« Lui demandai une pucele;

« Mes c'ert la seule damoisele,

« Qu'en ce roiaume n'a sa per.

« Nuls ne la vousist demander

« Fors moi, si vous dirai por quoi,

« Qu'ele ert plus camuse de moi

« Et plus corte et si est boçue.

« Aussi comme fols et maçue

« Doivent toz jours aller ensemble,

« Devions nous, nous deux, ce me semble

« Par droit l'un l'autre chalangier.

« Je demandai au chevalier

« Qu'il la me donast; il me dist:

« Fui gouz. De ce que cil me dist

« Me corrouçai; ignesle pas

« Respondi qu'encor n'estoit pas

« Li dons à lui si quitement,

« Et qu'il fesoit liez de noient

« Ceuls à cui il les prometoit.

« Et il qui orgueilleus estoit

« Se corrouça et vint vers moi.

« Onques nel lessa por le roi,

« Ainz me feri en plaine court

« D'un de ses doiz sus mon nes court.

« Mult m'en pesa, que par despit

« Le fist. Illueques, sanz respit,

« Dis et offri por desrainier

« Qu'onques par main de chevalier

« Ne fui feruz; ainz dis ainsi

« Qu'il en avoit son pris honi

« Si laidement qu'il en estoit

« Einsi honis, qu'il ne devoit

« Dame doner de cele main;

« Et tant qu'au roi à l'endemain

« Donai mon gage por trover

« Un chevalier, por lui prover

« En la court qu'il ne devoit estre

« Droitz chevaliers de sa main destre.

« Or est issi du chevalier

« Que vous l'avez fait esclauchier;

« Et puisque vous conquis l'avez,

« A vous est que vous me poez

« La rien doner que je mielz voil.

« Ceste demande est sanz orguoil,

« Que s'ele est de gentil lignage,

« Je sui assez de haut parage

« Avec son corps. Que vous diroie ?

« Itiex, ne quex gouz que je soie,

« Fu mes peres parenz le roi.

— Nains, je n'ai pas honte de toi,

Ce dist li rois qui s'en sousrist,

« Nains, il est voirs et l'on le dist,

« N'est si haut bois qui n'ait buscille.

« Sire, car lui donez sa fille,

« La riens el mond qui plus lui semble.

« Ne sai s'il furent né ensemble ;

« Chascun est si camus naïs

« Qu'il s'entresemblent de laïs. »

Meraugis respont erraument :

« Sire, à vostre comandement

« Me plest qu'il soit et si vous pri

« Des autres la vostre merci.

« Mariez les à ceste fois

« Et en covent, de fi sachois,

« Si je sui vifs, je revendrai

« A cel jour et sejornerai ;

« S'avient que l'onour me remaigne,
« Par voz los, que je n'i mespraigne,
« Les donrai toutes de ma main;
« Car, en cest point, jusqu'à demain
« Ne remaindroie por priere.
« — Puisque vous en nule maniere,
Fet li rois, ne remaindriez
« Et que vous plus n'en feriez,
« Or nous aprenez vostre non,
« Et je vous acreant le don
« Que jes donrai à ceste fois
« Por vous, mes que vous creantois
« De revenir certainement.
« — De ce parlez vous de noient,
« Sire; j'ai à non Meraugis
« De Portlesguez. Si je vifs sui,
« D'hui en un an revendrai ci. »
Lors a li rois le naim saisi
De s'amie, puis prent congié
Meraugis; si l'ont convoié
Li chevalier à grant deduit.
Onques tel joie ne tel bruit
Ne veïstes à nule feste
Com après lui, tant qu'il s'areste
A l'entrée d'une forest,

Et dist au roi que, si lui plest,
Qu'il s'en retourt et il si fist,
Et Meraugis son chemin prist.

Li Outredoutez et Laquis
Qui ont touz jours Meraugis quis,
Ont tant erré qu'il sont venu
As quatre voies, là où fu
Meraugis que li nains trova,
Et tant lui dist qu'il retorna
Einsi com vous l'avez oï.
Illuec se tint por esbahi
Laquis, quant il vist tant chemins
Et dist : « Sire, c'en est la fins.
« Je ne vous sai avant mener
« De ci, ne ne sai asener
« Au quel chemin nous nous tendrons,
« Que Meraugis que nous querons
« Me dist, si trover le vousisse,
« Qu'à destre voie me tenisse
« Sanz desvoier jusqu'au mardi.
« Li jours est passez ; et vesci
« Quatre voies, je n'en sai plus.
« Mes tornez aval ou çà sus

« Ou cele estroite ou cele grant,
« Que là où vous irez avant,
« J'irai après. » Lors s'en torna
L'Outredoutez qui esgarda
Laquis, puis dist : « Est il einsi
« Que tu ne sez avant de ci
« De Meraugis ne vent ne voie?
— Oïl. — Laquis, si te donoie
« De m'espée, j'auroie droit.
« Mes por tant le lais orendroit
« Que je voil que Meraugis voie
« Sa honte. Or t'en va cele voie,
« Einsi me plest; sez tu por quoi?
« Si tu le trueves ainz de moi,
« Di que jel quier et si lui conte
« Qu'en son despit t'ai fait la honte
« Por lui honir; et neporquant
« Au departir me dis itant
« Quel escu porte Meraugis,
« Que par l'escu en tout païs
« Le voil conoistre, si jel truis.
« — Sire, dit Laquis, bien vous puis
« Deviser l'escu. » Si lui dist
De l'escu selonc ce qu'il vist,
Com il est faitz; atant s'en vont,

Chascun s'en part; einsi le font
Qu'il ne s'entresont comandé
A Dieu. Laquis a tant erré
Qu'à un matin près d'une brouce,
Devant les plains de l'Ambragrouce
A Meraugis aconseü.
Lidoine l'a aperçeü
Avant, sel mostre à Meraugis.
Cil qui se torne vers Laquis,
L'esgarde et choisist par devant
Qu'il voit d'un œil, l'autre plorant.
Mult l'en pesa par verité;
Set que ce fist l'Outredouté.
Encontre vient, sel salua;
Toutes voies lui demanda :
« Qu'est ce Laquis? Qui t'a ce fet? »
Et cil respont tout entreset :
« Sire, vous; de vous me plain gié,
« Car por vous m'a l'ondamagié.
« Vous m'envoiastes, maugré mien,
« Au tref dont je savoie bien
« Que jà entiers n'en retorroie.
« Or est einsi que je voudroie
« Morir ou enragier mon vueil. »
Or a Meraugis honte et dueil,

Voire si grant que il ne set
Que dire, ains se maudist et het.
Meraugis dist : « Laquis, bien voi
« Que tu es mehaigniez por moi ;
« Ce t'ai je fait. Que t'en diroie ?
« Bien sai que la honte en est moie.
« Sez tu que promètre te vueil.
« Je ne te puis rendre ton œil,
« Neïs por doner toi le mien.
« Mes si tu sez où il est, vien,
« Si m'i maine et je te creant
« Que si jel truis, tout maintenant
« Te rendrai, ou il m'ocira,
« La main dont il le te creva.
— Ha ! dit Laquis en soupirant,
« Si je james vivoie tant,
« Que je veïsse corps à corps
« Vous deus ensemble en .1. champ fors
« Combatre à l'espée d'acier
« Tant que fust as testes trenchier,
« Onques de rien si liez ne fui,
« Car je vous hé et si hé lui.
« Mes ce n'iert jà ; car jel lessai,
« Hui a tierz jour, et si ne sai
« Où il ala, ne qu'il devint.

« Mes à la voie que il tint
« Ne vint il pas en ceste terre.
« Cent diables le puissent querre.
« Je ne puis mes aler après;
« Ançois m'en vois à Lampagrès
« Por sejorner, malades sui. »
Dist Meraugis : « Onques ne fui
« Plus dolenz que je sui de toi.
« Mes je te jur, tiens en ma foi,
« Que james ne retournerai
« En mon païs, ançois t'aurai
« De l'Outredouté si vengié
« Qu'il en aura le poing trenchié. »
Lors n'i a plus; Laquis s'en vet
Plorant; du grant duel que il fet
Ploure Lidoine tendrement.
Que chaut plorer? Ne vaut noient.

Meraugis erre, qui va querre
L'enplumeor en mainte terre;
L'a demandé tant qu'un matin,
Jouste la mer, près d'un chemin
Vit une roche en mi la plaigne.
La roche ert loing en la montaigne

Mult haute et toute d'une pierre,
En touz temps verds, qu'ele estoit d'ierre
Bordée tout à la reonde.
Entour cele roche reonde
Qui ert la plus haute du mont
Vit Meraugis là sus, amont,
Bien jusqu'à douze damoiseles.
Illueques sieent les puceles
En .i. prael souz un lorier ;
En toz temps servent de plaidier.
De quoi ? De ce qui a esté ?
Non pas ; jà n'en sera parlé
Par eles, ne jà n'auront pais ;
Ainz i tienent toz temps lor plais
De ce qui est à avenir ;
Et cil qui là pense venir,
Est acoruz plus que le pas
Desouz la roche ; isnele pas
Ala entour, mes il ne voit
Par où monter, qu'il n'i avoit
Huis, ne fenestre, ne degré.
Ne sai si Dieu le fist de gré ;
Mult estoit droite et de bel tour,
Et Meraugis ala entour

8

Trois foiz et puis lor escria :
« Dames, par où irai je là ? »

ne des dames respont lues :
  « Amis, il n'i a à vostre œs
« Par où monter ; mes ditez nous
« Que volez vous ? — Je voil à vous
« Parler un poi. — Ditez nous donques
« Que vous volez. — Ce n'avint onques
« Que je de ci, fait Meraugis,
« Die, oiant tos, ce que j'ai quis.
« Mes fetes moi là sus monter. »
Cele cui annuie à parler

Se vet seoir, ne vielt debatre;
Et cil cria trois foiz ou quatre,
Ançois que nule lui voussist
Respondre, tant qu'une autre dist
Deus fois ou trois au chevalier :
« D'iluec vous covient conseiller,
« Que çà en haut ne monte nus. »
Et Meraugis qui ne pot plus
Prendre, lui crie : « Ditez moi
« de Gawain, le neveu le roi,
« Savez en vous nules noveles? »
Lors dist une des damoiseles :
« Diva, chevalier enuieus,
« Va t'en, si tu croire me veus,
« La voie à destre, contremont.
« Outre ce bois, au pié du mont,
« Là troveras une chapele
« Et une croiz; onques plus bele
« Ne fu. Quant à la croiz vendras,
« A la croiz te conseilleras. »
Cil lui respont et dist itant :
« Quant vous, de ce que je demant,
« Noveles dites ne m'avez,
« Or me ditez si vos savez
« Par où j'irai plus droit chemin

« Querre l'enplumeour Merlin.

« Là en orrai parler, ce croi. »

Cele respont : « Esgardez-moi.

« Vezci l'enplumeour, jel sui.

« Assez porras muser meshui,

« Que jà plus ci ne t'en dirons,

« Ne ce ne quoi, ne o ne non. »

Et cil qui ne se joue mie

Lieve la teste, si s'escrie :

« Coment, pucele, est ce gabois ?

« Li nains me dist, plus a d'un mois,

« Si james trover le devoie

« Nul jour, que parler en orroie

« Ici, à cest emplumoer.

« Mes je ne sui venu joer

« A la muse par çà defors.

« Par saint Denyse, si mes corps

« Peüst par force aler là sus,

« Je cuit que j'en seüsse plus. »

Cele respont comme sorfete :

« Bien fust ele si haute fete

« La roche, quant vous n'i poez

« Monter par force o .iiii. piez,

« Puis qu'il m'anuit. » Puis s'est assise.

Meraugis lors sa voie a prise

Si corrouciez comme il estoit,
Et chevauche tant que il voit
La chapele et la croiz devant;
Mes onque nule rien vivant
Ne vist entour la croiz de marbre.
El plain estre, souz un haut arbre
Descent, en la chapele entra.
Partout cerche, mes n'i trova
Creature; lors s'en revient
Et dit : « Or sai qu'à fol me tient
« Cele qui ci m'a fait venir.
« Hé, Diex! que porrai devenir!
« Je voiz la croiz, et qu'en dirai!
« Qui me conseillera? Ne sai. »

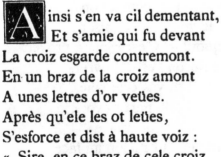insi s'en va cil dementant,
Et s'amie qui fu devant
La croiz esgarde contremont.
En un braz de la croiz amont
A unes letres d'or veües.
Après qu'ele les ot leües,
S'esforce et dist à haute voiz :
« Sire, en ce braz de cele croiz
« A unes letres d'or vermeilles. »

Et cil qui bien lire savoit,
Regarda en la croiz et voit
Les lectres qui dient itant :
« Chevalier, tu qui vas querant
« Conseil, si trover le pooies,
« Un jeu te part. Vezci .iij. voies :
« Ceste premiere voie ci
« A nom la voie sanz merci ;
« Et bien saches, si tu i vas,
« Que jà merci n'i troveras ;
« Et si tu veus merci avoir
« De rien, itant saches de voir
« Que c'est noientz du retorner.
« Por ce si tu veus là aler
« Et tu jamais veus repairier,
« Si te covient merci laissier.
— Et la seconde, com a non ?
— C'est la voie contre raison.
— Por quoi ? — C'est legier à prover.
« Contre raison t'estuet ovrer
« Partout, si tu vas cele voie.
« Jà nuls qui cele part s'avoie,
« Ne trovera en nule place
« Homme, ne qui raison lui face.
« Et la tierce qui torne à destre,

« Est sanz non et bien le doit estre.
— Por quoi sanz non? — Je n'en sai plus,
« Fors tant qu'onques n'en revint nus
« Par ci, qui là se voulsist traire.
« Et por ce que nus n'en repaire,
« Ne puis je savoir où ils vont,
« Ne qu'ils deviennent, ne s'il sont
« Repairié par aillours ou non.
« Et por ce est la voie sanz non.
« Or pœz choisir et si iras
« Laquele des trois tu voudras. »

près ice dist Meraugis :
      « De cest conseil que j'ai ci pris,
« Ne m'en sai de nul conseillier.
« Non ; ainz me puis plus merveillier
« De ce que voi que d'autre chose.
« Qu'en diroie? c'est la parclose.
« Choisir m'estuet, si covient mon.
« Dame, fet il, quele prendron?
« — Ne sai. — Coment? Si ne savez.
— Je non, fet ele, mes alez;
« Où que ce soit je vous sivrai. »
Il lui respont : « Dame, j'irai

« Cele sanz non; issi me plest.
« En ces deux autres me desplest,
« Contre raison et sanz merci.
« Ce m'aprent à movoir d'ici
« Que cele part n'a point de bien.
« Mes cele autre ne me dit rien,
« Si j'irai bone voie, ou non.
« Encontre ce me dit raison
« Que j'irai plus seürement
« Je ne sai où que malement. »
Lors n'i a plus; atant s'en vont
La voie sanz non et tant ont
Chevauchié qu'il ont trespassée
La forest. Jouste une ramée
Issirent fors, en mi la plaigne.
Avant, desouz une montaigne
Ont la cité sanz non veüe,
Qui puis fu la cité perdue;
Chevauchant vont vers la cité.
Onques nule de sa biauté
Ne vist; trop bele ert à devise.
La mer, por qu'ele ert bien assise,
Batoit devant o grant navie
Mult bone; en ce n'a que je die;
Enfin de grant richesce estoit.

Issi li chevaliers venoit
Qui encontre deux damoiseles,
Un naim devant. S'eles sont beles,
Ce ne fet pas à demander.
Par devant font au naim porter
Un fuiret et .iiii. roisieus.
Li chevaliers vint vers les deus
Puceles, ses a saluées.
« Vous avez les bones passées. »
Font celes, si n'en dient plus,
Fors qu'en alant dient : « Mar fus »
Si haut que bien les entendi
Li chevaliers; mes n'atendi
Plus, ainz s'en va grant aleüre,
Tant qu'un garçon, par aventure,
A encontré qui le salue.
Li garçons qui pas nel falue,
S'areste, mes ce fu petit.
Autant com celes lui ont dit,
Lui dist; onques plus n'en porta.
Li chevaliers qui s'aresta,
S'en merveille et lors dist s'amie :
« Ces gens ne m'aseürent mie.
— De quoi? fet il. — Sire, ne sai,
« Fors seul itant que paour ai

« Si grant qu'onques mes n'oi greignour.
« Et vous ? — De cui ; n'aiez paour
« De riens. Bien sachiez sans doutance,
« Si je ne pers par mescheance
« Jà por proesce ne perdrons.
« Soiez toute seüre, alons.
— Si sui je sire. » Einsi parlant
S'en vont et si chevauchent tant
Vers la cité que cil d'amont,
Li chevalier qui dedenz sont,
Les aperceurent. Et que firent ?
Quoi ? Aussitost comme il les virent,
Il cornerent el chastel prise.
Lors, si la cité fust esprise,
N'eüst il pas greignour tumolte ;
Et li chevaliers qui escolte
La tumolte, qu'il ot corner
Prise, et einsi la font soner
Si com il eussent le port pris,
N'ot pas en sa contrée apris
Qu'on cornast prise, sans rien prendre.
« De ce, fet il, ne sai aprendre
« Que ce puet estre. — Sire non,
Dist Lidoine, nous ne savon
« Que ce sera. — Soit qu'estre vieult,

« Assez cornent, ce que me dieult,
Fet li chevaliers, nule chose. »
De la cité qui bien ert close
Voient parmi la porte issir
La gent et la terre covrir
Du peuple qui fors s'en issoit ;
N'y remaint dame qui ne soit
Venue ; et toutes vont chantant.
Les puceles, dont i ot tant,
Vienent chantant et font quaroles
Si grans qu'onques as maierolles
Ne veïstes greignour. Devant
Vindrent li chevalier vaillant
Sus les chevals isnials et forts.
De leur chevals n'estoit pas torts,
S'il estoient et bel et gent ;
Car en guerre ne vont sovent.

insi vienent ; quant Meraugis
Les voit, si dist : « Or m'est avis
« Que cist vienent encontre nous.
— Biaus sire, encor ne savez vous
« Que ce sera. — Dame, je non ;
« Mes en joie n'a si bien non,
« Et par ce si me plest plus ore
« Qu'orainz ; si fera il encore
« Que je n'aim riens tant comme joie.
— Dieus nous en doint joie, que j'oie
« Por quoi il sont si esjoï, »
Fait cele qui pas n'en joï ;
De ce non voir, ainz en ot ire.
Lors encontrerent sanz plus dire
Ceuls qui vindrent sor lor chevals,
Et Meliadus, li seneschals,
Salue Meraugis avant.
Lors lui vienent tuit au devant,
Et tuit le saluent ensemble.
Einsi se metent au retour,
Et li peuples lui vient entour,
Qui l'esgardent comme à merveille.
Si cist parole, cist conseille

A cel autre, et cil le regarde.
Mes Meraugis ne s'en prent garde
De quant qu'il dient, fors itant
Entent par eures en alant
Qu'il conseilloient dui à dui.
« Cil n'est mie mains granz de lui. »
Itant entent et noient plus.
Meraugis et Meliadus,
Li seneschaus de la cité,
Chevauchent tant qu'il sont entré
Dedenz la ville; aval s'en vont
Droit à la mer, tant que il sont
Sor la marine descendu.
Adonc n'i ot plus attendu;
Il troverent la nef au port.
Meliadus dist cest recort
A Meraugis : « Biax sire, entrez.
— Où? — En ceste nef, si passez
« En cele isle. — Je non ferai.
— Por quoi?— Par foi, je ne voudrai.
— Si ferez. — Non ferai, par foi.
« Si passeroie, et je por quoi?
— Por ce que faire le covient.
« C'est coustume que nuls ne vient·
« Par ci, que passer n'i coviegne. »

Dist Meraugis : « Si bien m'aviegne,
« Ceste coustume en voil oster.
— Ainz vous i covient à passer
« Par force.» Lors dist Meraugis :
« Traiez vous sus. Sui je donc pris ?
L'espée trait et dist : « Sachiez,
« Jà en verrez membres trenchiez,
« S'uns s'en movoit, soiez tuit coi.
« Si je ne saiançois por quoi,
« Jà por nullui n'i passerai.
— Si ferez. — Non. — Jel vous dirai.

V ous veez bien cele tour là
« En mi cele isle ; dedenz a
« Un hardi chevalier. O lui
« Une dame a ; einsi sont dui.
« Deus puceles et un serjant
« I a por euls servir ; itant
« Sont en l'isle, n'en i a plus.
« Si vous poez fere conclus
« Le chevalier qui vous atent,
« Itant sachiez certainement,
« La dame et li chastials ert vostres ;
« Et s'il vous vaint, vous serez nostres

« A faire quant que nous plaira.
« Et ces dames qui chantent là,
« Ne chantent, ce sachiez sanz faille,
« Fors por joïr de la bataille
« Dont sont liées et desirant. »
Et cil qui riens ne va querant
Si joustes et mellées non,
Dit au refrain de la chançon :
« Or du chanter, toutes et tuit.
« C'est li refrains, s'il ne s'enfuit,
« La jouste aura certainement. »
Lors chantent destraveement
Et gros et graille et bas et haut
De joie, que pas ne lor faut.

Meraugis à cui mult plesoit
La bataille, regarde et voit
Que li chevaliers de la tour
Estoit issuz à riche atour
En l'isle, et par cele isle ala.
Dist Meraugis : « Je voi jà là
« Le chevalier; or çà la nef. »
Li maroinier corent au tref
Et ciglent tant qu'il sont venu

En l'isle. Quant en l'isle fu
Meraugis, sempres remonta
Sor son cheval; lors s'en ala
La nef arriere et Meraugis
S'eslesse et vient en mi le vis
Au chevalier qui l'atendoit;
Et li chevaliers qui n'estoit
Vilain, n'enuieus, ne malvais,
S'aresta et souffri en pais,
Tant qu'à loisir fu atornez
Meraugis. Après ont tornez
Les frains et hurtent les chevals.
Mult est chascuns preuz et vassals
Et fierent des lances quarrées,
Si qu'eles sont outre passées
Parmi les escutz, et les fers
Hurtent as piz sur les haubers.
Des cox dont li poitrau sont rout
Rompent cengles, depiecent tout,
Les frains guerpisent, si s'en vont
A terre; si bien s'entresont
Feruz, qu'ainz ne veïstes mielz.
Du cheïr des cox ont les ielz
Troublez, si qu'il ne voient goute.
Lors just chascun desor son coute,

Une piece, non pas lonc temps.
Quant il revienent en lour sens,
Si s'en merveillent et lour semble
Que la tor dance et l'isle tremble.
Por quoi? Des cox sont estoné;
Or il cuident qu'il ait toné,
Ne se sevent au quel tenir,
Fors tant de l'estour maintenir
S'entremetent. Lors s'entrevont
Espées traites et si ont
Les escutz sor la teste mis;
Mes n'est pas l'uns à l'autre amis,
Ains s'entrassaillent; bien les voient
Cil de la cité qui n'avoient
Onques mes tel jouste veüe.
De la jouste ont grant joie eüe,
Qui mult lour plest; mes qui qu'en rie,
Lidoine ne s'en joue mie;
Non, ainz l'en deult li cuers el ventre
De paour, et tant en i entre
Por la jouste qu'ele a veüe
Que s'oïe en devient veüe.
Devient, coment dont, n'ot el goute?
Non et si pert sa force toute
De la paour qui li apointe,

9

Et touz ses sens en une pointe
Le fiert els iex por esgarder
Celui qui ne se puet garder
Qu'el ne soit dolente por lui.
Einsi se combatent li dui
Chevalier qui sont pié à pié
En l'isle, et tant fier tu, fier gié,
Si mainent as espées nues
Qu'il font voler devers les nues
Des yaumes feu, que li soleus
En devint indes et vermeus.
Por quoi? Quant li soleus assemble
El fer as yaumes, de loing semble
Que li yaume soient espris
De feu grijois. Bien sont apris
De ferir, voire mielz que nuls.
Itiex .xl. assauts ou plus
S'entrassaillent et tant se sont
Entrassailli enfin qu'il n'ont
Escu ne yaume à despecier.
Et quant il sont tel chevalier
Et il sont desarmés andui,
Que doit que cist n'ocist cestui?
Que doit, ce puet savoir .i. fous.
S'il ferissent aussi bons cous,

Com il firent au comencier
Et lour testes fuissent d'acier,
N'i eüst li plus forz durée ;
Mes or torne à chascun s'espée
Au ferir et vole des mains ;
Car tant se deut cil qui n'a mains
Que bien puet s'en faire à itant.
Tout en pais sont en lour estant.

Einsi dura, com je vous di,
La bataille jusqu'à midi.
Après, quant midis fu passés,
Li chevalier s'est porpensés.
A Meraugis vient, si l'assaut.
Meraugis qui encontre saut,
Se deffent ; mes cil le tient près,
Voire mielz qu'il ne fist huimès
L'assaut et greignour coup lui done.
Meraugis, qui des cox s'estone,
S'esloigne et dist : « Or ne sai gié
« Jouer. Li dé me sont changié,
« Car je disoie et dis encore
« Que cil chevaliers estoit ore
« Recreanz d'armes et atainz.

« Mes trop lui sunt d'ore à orainz
« Li coup changié outreement. »
Et li chevaliers erraument.
Revient et joint l'escu au coute
Vers Meraugis qui forment doute.

Meraugis s'esloigne et lui dist :
« Di moi vassal, se Diex t'aïst
« Ton nom. — Veux-tu que jel te die ?
—. Oïl, se Dieus me beneïe.
— Jel te dirai : Gawain ai nom.
« Ainsi me seulent li Breton
« Apeler. » Lors dist Meraugis :
« Coment, Gawains, li miens amis

« Estes vous? — Certe oïl, par foi,
« Gawains sui je ; mes dites moi,
« Coment vous estes apelez ?
— Meraugis sui de Portlesguez,
« Vostre amis, qui de vostre terre
« Mui de la court et por vous querre
« Dès Noel. Mes la Dieu merci,
« Mult sui liés quant je vous ai ci
« Trové, que touz li monds disoit
« Que messire Gawains estoit
« Perduz. La bele compaignie.
« Que li rois a, ne vostre amie
« Ne vous cuident james veoir.
— Non feront il, sachiez de voir ;
« James li rois ne me verra.
— Avoi, biau sire, si fera.
« Ce dit ne tien ge mie à sen.
« Je me renc priz, alons nous en.
« Passons outre ; vez là m'amie
— Meraugis, ice n'i a mie.
— Coment donques ? — A force estuet
« Que cil de nous deus qui plus puet
« Ocie l'autre ; il est einsi
« Qu'onques de ceste isle n'issi
« Chevaliers nuls, jà n'en istra.

— Por quoi? — Par foi qu'il ne pora:
« Si te dirai raison por quoi.
« Vois tu là cele que je voi
« As fenestres de cele tour?
« C'est une dame, ci entour
« N'a plus bele que t'en devis.
« Cele cité et cist païs
« Est touz siens; mes jadis avint
« Qu'uns chevaliers mult hardis vint
« A lui et la requist d'amours.
« Einsi comença li acours
« Qu'ele l'ama, et fu s'espouse;
« Puis avint qu'ele fu jalouse
« De lui, et tant le voult amer
« Qu'en cest isle por lui garder
« Fist faire cest herbergement.
« Einsi i fu mult longuement
« Et sejorna avec s'amie;
« Et quant il voult, il ne pot mie
« Retorner; non, ce fu noiens.
— Por quoi? — Madame de là ens
« Comanda à ses gents de là
« Que nuls ne fust qui venist çà
« Por rien, s'ele nel comandast,
« Et plus, que james ne passast

« Nuls chevaliers parmi sa terre,
« Qu'il ne venist çà por conquerre
« Le pris contre son champion.
« Einsi, bien vousissent ou non,
« I passerent maint chevalier,
« Qui puis vindrent as cox trenchier,
« Tant que par force les vaincoit
« Li chevaliers, qui mult estoit
« Fiers et hardis et combatans.
« Ceste vie mena sept anz ;
« Mult en ocist, tant que de moi
« Avint aussi comme de toi
« Est il avenuz. Je ving çà ;
« Et li chevaliers comença
« La bataille mult aigrement
« Vers moi, et je mult fierement
« Le reçui au mielz que je poi,
« Et en la fin tant le sorpoi
« Que je l'ocis ; mes tel annui
« En ai que, maugré mien, por lui
« Ai touz jours ce chastel gardé.
« Einsi l'a ma dame esgardé
« Que j'i serai tant que plus fortz
« M'ocie ; et quant je serai mortz,
« Si refera sa garde cis.

« S'il me vaint; ou [si] je l'ocis,
« Coment qu'il aut, c'est li usages,
« Remaindra ci li uns en gages
« Tant que plus fortz de lui vendra.
« Si par force te covendra
« Combatre à moi. Je n'i voi plus;
« Mes si tu en viens au desus
« Et que ma force soit du mains,
« Ci seras maistres chatelains
« De ceste tour toute ta vie.
—De ce n'ai ge pas grande envie,
Dist Meraugis, jà n'en serai
« Chastelains; non, car je ne sai
« Chastel qui tant face à haïr.
« Mais quant nuls n'ose çà venir,
« Qui vous done donc à mangier?
— Ce ne fet mie à encerchier.
·« Assez est que mult en avons
« De touz les mes que nous savons
« Dire de bouche et deviser.
— Coment? — Touz jours devant disner
« Chascun matin ist de là sus
« Ma dame; et quant ele est çà jus,
« La nef assenne et ele vient;
« Et lors de quant que nous covient

« Comande que l'on lui aport.
« Et si j'aloie vers le port.
« Quant cele nef est arivée.
« Si s'en iroit voile levée.
« Que jà à port ne remaindroit.
— Por quoi ? — Ma dame cuideroit.
« Si j'estoie enz et je pooie.
« Que james çà ne revendroie.
« Einsi me garde et tient ades.
« Que jà nul jour, ne loing ne près.
« N'en partirai. S'en ai tel duel
« Que, quant je pens a ce, mon vueil.
« Je voudroie bien qu'il feïst
« Tel orage qui m'oceïst.
« N'ai je raison ? — Oïl. — Je voi
« Que tu es ci venuz por moi.
« Et si convient que je l'ocie.
« Diex, que ferai ? Tant hé ma vie
« Et aim ma mort. Si je pooie
« Ton corps sauver, je m'ociroie
« De m'espée, sanz plus atendre ;
« Mes si la mort me venoit prendre
« Orendroit la por ce m'isroies
« De ci, mes toujours garderoies
« Ceste isle sanz avoir deport.

« Ne joie de ci qu'à la mort.

« Por ce m'esmay, que je ne sai

« Que dire. — Je vous en dirai

« Le miex, biax sire. — Vous, coment?

— Mult bien selonc ce que j'entenc.

« Si vous volez croire et ovrer

« A mon los, je vous cuit jeter

« De ceste isle; jà n'i morrez.

« Dites moi, si vous me creez.

— Amis, ne sai que plus deïsse:

« Mes il n'est riens que ne feïsse

« Nule c'on me seüst nomer,

« Nes de saillir en mi la mer,

« Si vous l'esgardez por mon bien.

— De ce conseil ne lo je rien;

« Nous le ferons tout autrement.

— Or de par Dieu, dites coment.

— Jusqu'au vespre nous combatrons.

« En la fin nous entrebatrons

« Jouste la mer, en ce val là,

« Que bien nous verront cil de là

« Et la dame qui est là sus.

« Après ne me defendrai plus;

« Là me girai et vous ferrez

« Sur moi et grant semblant ferez

« De moi ocire outreement ;
« Et por mielx decevoir la gent,
« Prendrez mon hyaume et osterez
« De ma teste, et le geterez
« En la mer, voiant tot le mond ;
« Et par itant se cuideront
« Que vous m'aiez de vostre espée
« Occis et la teste coupée.
« Et après ce, quant vous l'aurez
« Einsi fet, si vous en irez,
« Biax amis, et je remaindrai
« Comme mortz, et tant me faindrai
« Qu'il sera nuis ; et erraument
« Que je verrai l'anuitement,
« J'irai à vous, si penserons
« Coment de ci eschaperons. »

Mesire Gawains dist : « Par foi
« Ce conseil lo je et ottroi,
« Car mult me plest. » Lors s'entrevont
Ensemble et tout einsi le font,
Comme il avoient devisé.
De maintes parts sont avisé,
Et dient que vaincuz estoit

Meraugis. Quant Lidoine voit
Cele merveille, oez que fist.
Du poing se ferist et maudist
La terre qui son corps soustient.
Jà se noiast, mes on la tient
Par force; que vous en diroie ?
Si grant duel fait que ne sauroie
La disme dire ne retraire.
Je ai veü maint grant duel faire,
Mes n'i a pas compareison,
Car nuls duels n'est si joie non
Envers celui qu'ele demaine,
Tant qu'à un sien manoir la maine
Une pucele; Anice ot non.
N'ot d'iluec jusqu'en sa meson
Que .v. leues, non ce cuit tant.
Einsi touzjours reconfortant
L'enmaine juqu'en son hostel.
La pucele [i] ot la nuit tel
Com l'en lui pot plus joiant fere;
Mes mult enpira lor afere
Que Lidoine regrete et pleure
Meraugis; et quant vient à l'eure,
Si saut et despiece son vis,
Puis s'escrie : « Ha, Meraugis! »

Plus de .c. foitz tout près après.
« Hé, Diex! le verrai je jamès?
« Ne sai. Je n'i voi nul confort.
« Perdue sui et mise à mort. »

Meraugis la nuit se leva ;
Vint à la tour et si trova
La dame et sa maisnie o li ;
Un petit est avant sailli.
Cil qui enfin mort le cuidoient
S'esbahissent, quant il le voient
Devant la table où s'aresta ;
Et quant la dame veü l'a,
Ot paour et saut de la table.
Plus de sept foiz por le deable
Se saigne et crie : « Dieu, merci,
« Qui est ce là ? — Je qui sui ci
« Venuz veoir la contenance.
« Et jà morrez tout sanz doutance,
« Si mot dites. » Lors les assemble
En une chambre, touz ensemble
Les enferme desouz la clef.
Là parolent, mes c'est soef,
Car Meraugis leur dit et jure,

Si por crier par aventure
Movent les bouches ne les denz,
Il metra jà le feu dedenz.

Einsi sont celes enfermées.
Après a ses armes ostées
Li chevaliers, et quant lui plot,
Assez menja, qu'assez en ot;
Mult plot à Monsigneur Gawain;
Couchier s'en vont, à lendemain
Se leverent li chevalier.
Il n'alerent pas au moustier,
Car en l'isle n'en avoit point.
Mes or oez com cortois point
Meraugis esgarda et fist.
Et que fist il? Par foi, il prist
La plus riche robe à la dame;
Si s'atorna com une fame,
Et puis descendi du chastel,
S'espée desouz son mantel.
Que vous diroie? El havre vint
Einsi vestuz; mult lui avint,
Car il estoit et biax et gens.
De l'autre part virent les gens

Meraugis qui par l'isle aloit,
Et de sa main les asenoit
Einsi com la dame seult faire ;
Ne se gardent de cel afaire,
Leur dame cuident que ce soit.
A la nef courrent ; lors tot droit
S'en vont singlant de l'autre part.
Li maroiniers qui fu sor quart
S'en vient en l'isle ; et Meraugis
Qui bien avoit covert le vis,
Saut en la nef de plain eslais,
Si qu'il en fait croistre les ais,
Voire, si que à poi ne fendent ;
Et cil qui au marchier l'entendent,
S'aperçurent et si tremblerent
De paour, com cil qui pris erent
Et lors auxi com erent cil.
Desouz le mantel à porfil
Traist Meraugis l'espée nue
Et dist : « Vostre dame est venue,
« Vez la, je la tieng en ma main. »
Puis l'a traite nue de plain
Et dist au maroinier : « Par m'ame,
« Ceste espée est la vostre dame,
« Dont vous aurez dampnation.

« Jà morrez sanz confession,
« Si ne faites ma volenté.
« Après sachiez, par verité,
« Si vous le fetes vous aurez
« Quant que demander me saurez. »
Et cil de riens nel contredient.
Por quoi ? Il veulent mielz, ce dient,
Lonc temps vivre et avoir ades
Que morir d'armes desconfes.

Dist Meraugis : « Est il einsi ?
—Oïl.—Dont m'esloignez de ci,
« Si me menez par ci entour
« Einsi jusqu'anvers cele tour. »
Cil dient : « Sire, nous ferons
« Vostre bon, jà ne desdirons
« Riens qui vous plaise à commander.
« Mes comandez, sanz demander
« Ferons votre pleisir tous dis. »
Einsi enmainent Meraugis
Entre les nefs et la cité,
Cil qui veulent estre aquité
De la mort ; vers la tour s'en vienent ;
Là s'arestent et tant se tienent

Que messire Gawains descent
Dedenz la nef et erraument
Dist as maroiniers qu'il s'esmovent
Sans arrester et tant s'il trovent
Terre, nul leu, là entour près
Que jà mar en iront après,
Mes au plus près les metent fors.
Cil qui ont paour de leur corps
Tremblent et dient qu'il prendront
Terre au plus tost que il porront.
Lors n'i ot plus ; au sigler vindrent,
Je ne dirai pas que devindrent
Les dames ; non, car je ne puis.
Porquoi ? Par foi, je n'i fu puis,
Ne mesire Gauwains n'i fu.
Mes tant ont siglé et coru
Sur la coste, en la haute mer,
Qu'il ne voudrent pas trespasser
La mer, ançois ont acostée
La terre et tant qu'il ont passée
La contrée et tout le païs.
Mult ont erré, ce m'est [a]vis,
Et tant qu'il ont terre encontrée.
Quel terre ? Ce fu la contrée
De Handiton. Qui la tenoit ?

10

Li quens Gladoueins en estoit
Sires et mult ot terre aillours.
Li maroinier pristrent leur cours
Por arriver à Handiton;
Mes trop se hastèrent adon
De l'ariver. Voire, coment?
Il entrerent si rademenT
El havne que la nef croissi
A une roche, après fendi
Et despieça en deux moitiez.
Que puet chaloir? Sains et haitiez
Issi chascuns de la nef fors;
Li quens Gladoueins qui fu lors
A Handiton, s'en avala
Droit à la mer, et quant fu là,
Les chevaliers vist, ses conust
Et lors que fist? Il acorust
Vers euls, ses salue et acole.
Mult ert prodomme par parole.

Lors les mena en son recet.
Meraugis s'areste et si fet
Un duel si grant qu'ains tiex ne fu;
Or voudroit estre ars ou pendu.

« Qu'est-ce? fet-il, je ne sai mie
« Que j'ai fet, ne où est m'amie.
« Ne sai; et l'ai je donc perdue?
« Oïl. » Lors se debat et tue.
Si s'amie fist duel por lui,
Ce fu noient envers cestui.
Qu'en diroie? Ainz ce n'avint.
Mais mesire Gawains le tint
Et tuit li autre le confortent.
Einsi à aise entr'aus l'emportent
En un pales là sus amont.
Li quens, li plus cortois du mond,
Les herberga la nuit si bien
Qu'il n'eurent souffraite de rien
Que nuls seüst penser ne dire.
Mes Meraugis qui fu plain d'ire,
Qui que rie n'a pas bon temps.
Einsi com s'il fust hors du sens,
Regrete s'amie et complaint.
Tant se demente et tant se plaint
La nuit, que mesire Gawains
En est si corouciez et plains
De mautalent, à poi n'enrage,
Et dist : « Vous fetes grant outrage
« Et grant anui de tel duel faire. »

Comme par force le font taire
La nuit, mes autre geu n'en ont.
Après mengier couchier s'en vont
Li chevalier isnele pas.
Meraugis qui ne dormi pas,
Leva matin ; tuit sont levé,
Et après, quant il ont lavé,
Vont au mostier, messe ont oïe.
Meraugis qui n'oublia mie
Lidoine, s'atorna d'errer.
A monseigneur Gawain parler
Vint et lui dist : « Ditez moi sire
« Orez vos que je voudrai dire.
« Je voil errer. James n'aurai
« Joie, ne ne sejornerai
« Devant ce que j'aurai trovée
« M'amie ; c'est chose provée
« Qu'ele cuide que soie occis.
— C'est voirs, jel sai bien, Meraugis,
« Que par moi vous est avenue
« Ceste ire ; et par vostre venue
« Sui je fors de la dolerouse
« Prison qui tant est angoissouse,
« Que nuls n'en doit avoir envie.
« Qu'en diroie ? Je tien ma vie

« De vous, et bien sachiez sanz doute
« Que m' aïde et ma force toute
3ʳ « Est vostre, et bien l'avez conquise.
« M'aventure que j'ai emprise
« De l'espée, me covient querre.
« Si je retornoie en ma terre
« Sanz lui, m'ennour seroit estainte.
« James n'irai ; ainz aurai çainte
« L'espée as renges de merveilles.
« Là irai. Diex, car m'en conseilles !
« Et vous irez de l'autre part
« Querre Lidoine. Ici depart
« La compaignie de nous deus.
« Mes d'itant vous chasti que deuls
« N'est mie bons à maintenir ;
« Et sachiez, si je puis venir
« En lieu où vostre amie soit,
« Jà sur moi ne vous estovroit
« Estre por garder vostre honour,
« Et si je viengançois un jour
« A la court que nous i viegniez,
« Itant de verité sachiez
« Que je qu'une nuit ne gisrai.
— Que ferez donques ? — Je movrai
« Por vous querre, sanz plus atendre

« Et si je puis par homme entendre
« Que vous aiez de moi besoing,
« Où que ce soit, jà n'iert si loing
« Que je n'aille mettre mon corps
« Por vous. » Et cil lui respont lors :
« Vostre merci, je le creant.
« Se à la court repaire avant
« De vous, une nuit i gisrai
« Sanz plus et landemain movrai
« Por vous querre, tant que trové
« Vous aie. » Einsi l'ont creanté ;
Lors n'i ot plus ; au conte vont,
Congié prennent et mult lui ont
Prié por les .III. maroiniers ;
Et li quens qui fist volentiers
Leurs prieres, respont atant
Des maroiniers : « Jà mar avant
« Iront, je leur donrai assez. »
Touz les retint et a fievez
Por son honour, et en après
As chevaliers qu'il aime adès
Fet venir deux chevals de pris ;
Si leur doune et cil les ont pris
Et l'en mercient, puis tornerent.
Au departir, quant il monterent,

S'entrebesierent et comandent
Chascun à Dieu, puis si demandent
Leur armes; atant se departent;
Chascuns s'en vet, einsi se partent.

Or chevauche chascuns toz seuls,
Et Meraugis qui annuieus
Estoit, de s'amie lui membre.
A chascun qu'il trove demande
La voie à la cité sanz non.
Que chaut, que nuls ne o ne non
L'en consieut, qui sache parler;
Ne nuls ne l'oït demander
Qui ne le tiegne à fols naïs.
Einsi erre par le païs.
Que vous diroie? Assez puet querre
Qui Paris quiert en Engleterre.
Einsi Meraugis a erré
Toz jours, qu'il n'a noient trové;
Si jure et maudit tout le mond.
Por mautalent regarde amont
Et dist : « James n'orrez autel.
« Diex, as tu riens en ton hostel
« Dont tu conforter me peüsses?

« Nenil. Si as, Diex , bien deüsses
« A ceste foiz avoir merci
« De mon torment! Ne sui je ci
« Touz seuls? Quel merci voil je avoir?
« Paradis. Qu'ai je dit? Jà voir
« Ne l'aurai. Por quoi donc? N'i ont
« Quant qu'il vœlent cil qui i sont?
« Oïl. Donc si j'iere orendroit
« Dedenz, ou Lidoine vendroit,
« Ou tuit cil qui dedenz seroient
« N'auroient pas quant qu'il voudroient.
« N'auroient, non ce m'est avis.
« Souz lui n'a Diex nul paradis
« Qui me pleise que donc m'amie.
« Que m'en chaut, quant Diex ne veut mie
« Que je l'aie, ainz veut qu'autre l'ait.
« Bien la doit perdre qui la lait,
« Je l'ai lessiée. » Lors tressaut
D'angoisse et avec ce l'assaut
Duels et amours; ice le touche
Au cuer; li cuers li clot la bouche,
Tranglout le duel, mes mult li grieve.
Après quant cist duels lui escrieve,
Si souspire et de plain eslès
S'eslesse; quant il a adès

Coru toute sa randonée,
Si r'a au duel bonne donée.

Ainsi est vuidiez en alant
Du duel et d'itel mautalant
A bien le jour .x. foiz ou vint,
Tant qu'à une ore si avint
A l'entrée d'un plasseïz,
Là où Mares des Gardeïz
Tout le matin fu en aguet,
Qui voit que li chevaliers vet
Com cils qui de riens ne se garde ;
Et lors Mares qui le regarde
S'eslesse et por jouster se meut.
Meraugis qui ne set qu'il veut,
Ne se garde, mes tozjours point ;
Et Mares qui vient si à point,
Besse sa lance et si lui doune
Sour l'escu tel coup qu'il resoune.
Meraugis revient, si s'esfroie ;
Lors s'escrie et Mares peçoie
Sa lance ; outre s'en est passez.
Meraugis qui s'est porpensez,
Retorne à lui et traist l'espée,

Et Mares vient à la mellée
Por achever bien sa bataille,
Aussi com parmi le metaille,
Onques mes plus fiere ne vi.
A tant par devant euls issi
De la forest uns chevaliers
Qui mult occeïst volentiers
Meraugis, si le coneüst,
Et Meraugis lui s'il peüst.
Qui est il? Li Outredoutez,
Li cruels, li desmesurez,
Qui Meraugis avoit tant quis ;
Mes il n'a mie Meraugis
Aparceü, si s'en passa
Outre et Meraugis qui pensa
A lui, a dit : « Se je peüsse
« De ci partir, encui seüsse
« Li quex de nous soit le plus fortz. »
Mares respont : « Si j'ere mortz,
« Le sivrois tu? — Oïl. — Por quoi?
— Porce que le hé plus que toi
« Si à droit qu'il n'i a forfet. »
Mares respont : « Puisqu'il t'a fet
« Tant que guerre a entre vous deus,
« Je te doing trieves, si tu veus,

« Por covenant qu'il soit einsi :
« Qu'au premier lieu, ailleurs que ci,
« Que nous nous entretroverons,
« Jà autres armes n'i querrons,
« Fors ceus que nous aurons en l'eure ;
« Et lors nous entrecorrons seure
« Comme dui anemi de mort.
« Entent ; car bien te faz recort,
« Tu n'as nules trieves de moi,
« Nis, se c'iert en la court le roi,
« Par devant touz je t'assaudrai
— Et je de toi me desfendrai,
Fet Meraugis, tout pié estant.
— Or soit einsi, je le creant »
Ce dist Mares qui s'en retorne
Au bois, et Meraugis se torne
Après le chevalier qu'il het.
Les noifs sont granz, par itant set
Quel part il va ; car il le trace
Touz jours et touz jours le menace
A ocirre, si le consuit.
Que vous diroie ? Tant le suit
Qu'il vient par devant un chastel
Dont tuit li mur et li quarrel
Erent de marbre tot entour.

Devant la porte, près la tour
Vint Meraugis qui s'aresta.
Illueques vint, si esgarda
Parmi la porte tant qu'il voit
Qu'en milieu de ce baile avoit
Un pin si verd comme en esté.
Se li pins fu de grant biauté,
Ce ne fet mie à demander.
Entour le pin por quaroler
Avoit puceles qui chantoient.
As quaroles qu'eles fesoient
N'avoit qu'un tout seul chevalier,
Et cil por la joie esforcier
Chantoit avant. Et qui est il?
Li Outredoutez et c'est cil
Que Meraugis a tant seü.
Et quant Meraugis a veü
Qu'il quarole la teste armée,
L'escu au col et a l'espée
Çainte comme por lui deffendre,
Si dist orendroit sanz attendre :
« Sera Laquis de Lampagrès
« Vengiez. » Lors court de grant eslès
Droit au chevalier, si lui crie :
« Fui, chevalier; ne chante mie,

« Je te deffi, tu morras jà. »
Mult lui est tost ce qu'il pensa
Changié. Coment ? Einsi à droit
Qu'autel talent com il avoit
Orainz, quant il ert là defors
De ferir de sa lance el corps
Le chevalier qui là estoit,
Autel talent a orendroit
De quaroler, car il oublie
Tout ce defors, neïs s'amie.

Ainsi lui covient oublier
S'amie ; lors va quaroler
L'escu au col et chante avant,

Li autres qui chantoit devant,
Guerpist la tresche, si monta
Sour son cheval, lors s'en ala
Fors de la porte; et quant il fu
Là fors, si a leenz veü
Son anemi. Sel conust bien
Par les armes; souz ciel n'a rien
Qu'il haist autant comme il fet lui.
« Qu'est ce? fet il. Je voi celui
« Qui gieta mon escu à terre.
« Je l'ai trové; si ne l'os querre
« Là où le voi. Diex, que ferai?
« Si je vais là, je chanterai
« A la quarole de rechief.
« Tout autre jeu, fors cest meschief,
« Feroie je. » Lors le menace
Et dist que james de la place
Où il est ne se movera,
Devant que Meraugis istra
Fors du chastel; mais c'est noienz,
Que Meraugis qui est leenz
N'entent de riens à sa parole.
Tant chante avant et tant quarole
Que l'Outredoutez qui ne doute
Chevalier nul, n'i entent goute;

Ainz s'en va, car la fain l'en chace.
James jour ne guerpist la place
Por home, si la fains ne fust.
Nuls hons ne puet vivre de fust;
Por ce s'en va l'Outredoutez.
Mes ne s'est gueres arrestez,
Par.temps revient et si aporte
Son tref illuec devant la porte.
Ainsi fierement l'a assis,
Le tout por gueitier Meraugis,
Et dist james ne movera
Son tref, devant que il aura
Par force vengiée la honte.
Que vous feroie plus lonc conte?
Meraugis fait mult l'envoisié,
Il chante avant et fiert du pié.

En meilleur point nel puis je mie
Laissier; or vous voil de s'amie
Aprendre que ele devint.
Bien avez oï qu'ele vint
La premiere nuit chiés Avice.
Lidoine qui ne fu pas nice,
Promist tant et dist à s' hostesse,

Que cele lui feïst promesse
D'aler o lui en sa contrée.
Ne fist pas longue demorée
Avec Avice, ainz s'en parti
Au matin. Or s'en vont einsi,
Longuement chevauchent ensemble.
Lidoine erre tant, ce me semble,
Qu'ele fu près de sa contrée.
Lors l'a [d']aventure encontrée
Uns chevaliers, Belchis li lois,
Qui a le front plus noir que pois.
C'est li plus lais qu'onques nature
Feïst onques, nes creature
Ne fu qui tant vousist mal faire.
Onques preudom ne lui pot plaire,
Mes tuit li mal sont si aquointe.
Belchis avoit le nes à pointe
Trop lonc; si fu anciens et viex;
Li lais qui s'entrefiert des iex
Fu granz et durs, ossuz et megres,
Mes mult estoit hardis et aigres
En batailles et en estours.
Riches mesons et beles tours
Tint assez près de Cavalon.
Bien resembla terre à baron

Sa terre ; tant en let par tout
Qu'il n'a voisin qui ne le dout.

uant Belchis choisi et conust
Lidoine, près lui acorust ;
Si la salue et lui dist : « Dame,
« Bien soiez vous venue, par m'ame.
« ·Terre et avoir et quant que j'ai
« Vous offre et vous herbergerai,
« S'il vous plest, à la nuit mult bien,
« Car vostre pere ama le mien
« Et j'amai lui. » Quant Lidoine ot
Belchis qui dist que il amot
Son pere, si l'en mercia
De l'ostel et dit qu'ele ira
Por herbergier. Lors dit Belchis :
« Damoisele, de Meraugis
« Me dites qu'il est devenus.
— Sire, fet ele, il est perdus
« A mon œs. — Et coment ? — Issi,
« Car jel laissai là où jel vi
« Occire. » Quant Belchis l'entent,
Traïsons qui en lui s'estent,
Le fiert el cuer, car il pensa

Mal dont honte lui avendra
Ançois qu'il muirre. Lors s'en vont
Et chevauchent tant que il sont
Devant un chastel qui est siens.
Li chastials est et fortz et bons.
Enmi le palais là amont
Descendent; au descendre vont
Chevalier qui grant joie firent
Por la pucele que il virent
Et conurent que ele estoit
Du païs et bien connoissoit
Ceuls qui vinrent à son descendre.
Belchis qui fist leur chevals prendre,
Les herberga mult richement;
Mes nuls ne doit comencement
Prisier, dont la fin est mauvaise.
Lidoine fu la nuit à aise,
Mes au matin, quant se leva,
A sa pucele comanda
Qu'on lui feïst mettre sa sele.
Mes dit Belchis à la pucele;
« Pucelle d'errer est noienz.
« Lidoine est dame de ceenz,
« Puis qu'ainsi est que Meraugis
« Est mortz. Or sera ses amis

« Mes filz, li cortois Espinogres.
« Onques el roiaume de Logres
« Ne fu plus biax vassals norriz.
« Ses oncles Mellians des Liz
« Le garde et dist qu'il le fera
« Si hautement, com il devra,
« Chevalier à la Penthecouste. »
Lidoine l'ot, que mult lui couste ;
Si dist : « Sire, s'ensi estoit
« Qu'il vous pleüst, mult me pleroit
« Cest mariage compasser,
« Car je ne me sai porpenser
« Homme qui autant me pleüst
« Comme vostre filz ; [et] s'il fust
« Chevaliers et il lui plesoit,
« Bele aventure m'avendroit,
« Se vous et il le voliez.
« Bien sai que vous bien tendriez
« Mes tenemenz ; et non por quant
« En mon païs m'estuet avant
« Aler, que je preingne seignour.
« Ne ferai mie lonc sejour ;
« Mes mandez que vostre filz soit
« Novials chevaliers. S'il estoit
« Chevaliers, par temps revendroie

« En la marche ; sel recevroie
« A seignour et il seroit rois ;
« Mes aler m'en covient ançois. »
Belchis respont isnele pas :
« Lidoine, issi n'ira il pas
« Du tout à la vostre devise.
« C'est por noient, vous estes prise.
« James de ci ne vous movrez
« A nul jour, tant que vous aurez
« Reçeü mon filz à seignour
« Et qu'il sera rois de l'onour
« De Cavalon et vous roïne. »
Dist Lidoine : « Ceste saisine
« Me plest mult, quant il est einsi.
« Or de par Dieu, je serai ci
« Tant com vostre plaisir sera. »
Ce respondi ; mes el pensa.

Ainsi fu cele retenue
Qui à mal hostel fu venue ;
Ne set que fere et grant duel a.
De corouz pleure ; einsi ala
Son duel menant par le palais.
Quant ele voit Belchis Lanchais,

Si tremble de paour et dist
Qu'onques ne fu, ne Diex ne fist
Home aussi let; nuls ne le set.
« Voir, fet ele, com Diex le het
« De son cuer et je l'ameroie?
« Non ferai voir, car jel feroie
« Encontre Dieu, si je l'amoie;
« Por ce sanz plus qu'il fet la moie,
« Hé je son filz de tout mon cuer,
« Ne jà n'ameroie à nul fuer
« Ne lui ne rien qui de lui soit.
« Que ferai donc? Par qui que soit
« M'estuet mander Gorveinz Cadruz,
« S'il me secourt, qu'il ert mez druz. »
Son conseil a dit à Avice :
« Avice, chose douce, espice,
Fait Lidoine, por Dieu merci
« James ne partirai de ci,
« Si par vous non. — Par moi, coment?
Fet Avice. — Certainement.
— Sachiez, si fere le pooie,
« Volentiers vous en geteroie;
« Mes je ne puis. — Si poez bien. »
Cele respont : « Sous ciel n'a rien
« Que je ne face. — Dont t'estuet

« Por moi aider, quant mielz ne puet
« Estre, que vous prengniez congié ;
« Et dites, itant vous pri gié,
« Qu'aler volez en vostre terre.
« Si m'irez un chevalier querre
« Qui mult m'aime, Gorveinz a non.
« Au chastel de Pantalion
« Est ses repaires. Dites lui
« La mort Meraugis et l'annui
« Comme Belchis li lais m'a prise.
« Et s'il m'aime tant et me prise
« Qu'il me voille vers lui conquerre,
« Jel ferai seignor de ma terre
« Presentement por guerroier.
« S'à force me puet desrainier,
« Soe serai ; et s'il ne puet,
« Le roiaume qui de moi muet
« Lui doins je et voil que soit siens ;
« Car se cil fet de moi ses biens,
« James ne quier por nul avoir
« Terre ne bien ne joie avoir. »

vice, Avice, or est en vous.
     « Ditez moi Enchise le rous,
« Mon seneschal, que je lui mant
« Comme sa dame, et lui commant
« Que Gorvein Cadruz à seignour
« Reçoive le premerain jour
« Que Gorvein leur vendra requerre,
« Et lui aïde de la guerre
« A son pooir. S'ainsi le fet,
« Je l'amerai; ou entreset
« S'il ne le fet, jel haieroie.
« Por ensaignes qu'il vous en croie,
« Lui porterez cest anel d'or.
« Faire le fis de mon tresor,
« Sel connistra bien; par itant
« Je cuit qu'ançois le mois issant,
« Orra Belchis autres noveles. »
Cest conseil ont les damoiseles
Affermé et Avice vet
Congié prendre et Belchis la let
Aler, qui riens ne lui demande.
Avice monte qui commande
Lidoine à Dieu. Atant s'en part

Et s'achemine cele part
Où el cuida Gorvein trover.
Tant se painne de tost aler
Qu'ele le trove; et comme sage
Lui raconte tot son message
De par Lidoine qui l' salue.
Et quant Gorveinz a entendue
La damoisele, si ot joie
Mult grant; james de rien qu'il oie
En cest siecle greignour n'aura,
Et dist que Belchis en aura
La mellée. Souz ciel n'a terre
Où il n'alast por lui conquerre,
Por ce qu'il sot qu'il lui pleroit.
Einsi joianz com il estoit,
Mande et semont toz ses amis.
Tuit li haut homme du païs
Vienent à Gorveinz qui assemble
Grantz gentz, tant qu'il a mis ensemble
Trois centz qui toz sont haut baron.
Avice ala à Cavalon,
Au seneschal à la pucele;
Et quant cil oïst la novele
De sa dame qui estoit prise,
Si blasme Belchis et desprise

Et dist que james ne sera
Liés ne joians, ançois aura
Tel plet basti par quoi Belchis
Sera eissilliez et honis
De sa terre, s'il ne lui rent
Sa dame ; et dist outreement
Qu'il fera quanqu'ele lui mande.
« Puis qu'ainsi est qu'ele comande
« Qu'en sa terre soit receüz
« Gorveinz, bien y soit il venuz.
« Je le recevrai volentiers. »
Lors mande à touz les chevaliers
Du roiaume que tot einsi
Estoient vaincu et honi,
Se leur dame en prison lessoient.
Li chevalier qui mult amoient
Leur dame, entendirent l'affaire
Que, maugré leur, veult Belchis faire
De son filz roi. Mult leur greva,
Et dient tuit qu'il en aura
La guerre. Atant s'en est venuz.
Tous li païs est esmeüz
Des noveles qu'il oient dire.
A Cavalon, à un concire
Assemblent tout li haut baron.

Riens n'i trovent si guerre non.
En leur conseil par tout manderent
Leurs gentz et es briefs commanderent
Qu'ainz sept jours fuissent tuit venu.
Le jour que li concires fu,
Vint Gorveinz Cadruz o grantz gentz.
Quant cil de la cité dedentz
Oïrent que Gorveins venoit
O si grantz gentz com il avoit,
Mult furent lié, encontre alerent.
Li borgois qui leur dame amerent,
Issirent fors de Cavalon.
A joie et à procession
Fu Gorveinz cel jour receüs,
Si tost comme il i fu venuz ;
Et Enchises, li senechaus,
Qui mult estoit prouz et loyaus,
Vient devant lui, si le saisist
De la terre à la dame et dist,
Oiantz touz, qu'ele lui commande,
Et avec ce qu'ele lui mande,
Lui abandonne ses tresors.
Gorveinz qui en fist traire fors
L'or et l'argent, l'a departi.
Onques povres ne s'en parti

Chevaliers qui en vousist prendre.
Par tant leur fist Gorveinz aprendre
Qu'il n'estoit pas vilainz ne chiches,
Et dient touz :« Nous a fet riches
« Cist noviaus sires. Bien soit il
« Venuz. » Einsi le loent cil
Por la largesce qu'en lui treuvent.
Largesce est tiex que de lui meuvent
Li bien ; biauté, sens ne proesce
Ne valent noient si largesce
I faut ; que largesce enlumine
Proesce ; largesce est medcine
Por quoi proesce monte en haut.
Nuls ne puet, si largesce i faut,
Conquerre pris par son escu.
Largesce qui tout a vaincu,
A ceus pris qui amerent tant
Gorvein Cadrus, qu'onques autant
N'amerent seignour qu'il eüssent ;
Car en cel point rien ne seüssent
De son plaisir qui, entresait
S'il peüssent, ne fust tost fait.

Einsi fu Gorveins, com je di,
Sires et de tout l'ont saisi.
Gorveins a par ces chastials mis
Ses gardes ; einsi a tout pris
Le roiaume tout en sa main,
Et dist qu'il movra lendemain
De Cavalon à tout son ost.
Les noveles qui mult vont tost,
Sont tant alées que Belchis,
Qui mult ert cruels et eschis,
Set cele muete et set por voir
Qu'il lui covient la guerre avoir
Por Lidoine, si ne la rent.
Mes si Belchis li lais ne ment,
Mielz voudroit estre renoiez
Ou ars ou penduz ou noiez,
Que por euls tous en feïst rien.
Coment qu'il voist, ce dist il bien,
Lidoine ne rendra il pas.
N'est mie comenciée à gas
Ceste mellée, mes à certes.
Belchis qui redoute les pertes,
Garnist ses marches et semont

Ses parentz qui grant joie font
De la mellée et de la guerre.
Toute est esmeüe la terre
Tresqu'à la mer par cel outrage.
Belchis fu mult de grant lignage
Et de hardis et de crueuls.
Tuit si parent furent itieuls
Qu'onques amour ne pais n'amerent.
De son lignage s'assemblerent
Trois centz ou plus, et sont venu
Au chastel là où Belchis fu.
Einsi fu Belchis de la guerre
Garniz. Gorveinz lui fet requerre
Qu'il lui rende la damoisele.
Por ce qu'il ne voult, la novele
Lui vint au matin que Gorveins
Lui art sa terre. Lors fu pleins
Li lais de mautalent et d'ire.
Fors de son chastel, sanz plus dire,
S'en ist o grant pooir de gent
Et dist que por mil marcs d'argent
Ne leroit qu'en l'ost ne se fiere.
Tuit si parent à sa baniere
Errent et tant ont chevauchié
Qu'à un gué, lez un bois trenchié,

Ont les premerains encontrez
Qui vienent touz desaroutez,
Çà .v., çà .x., çà .xx., çà mains;
Proie aquoillent et les villains
Tuent et chacent par les plaines.
Toutes fremisent les montaines
Des sergans et des chevaliers.
Devant les autres touz premiers
Vient Enchises, li seneschaus.
Tant ont coru que leur chevaus
Sont estanchié. De tant sont il
Meilleur à desconfire; et cil
Qui atendent au gué leur saillent;
Lances beissiées les assaillent
Mult fierement, quant Enchises
Choisi leur gent qui sont ci près
Qu'il n'i a mais que du ferir.
Si dist que mielz voloit morir
Que por euls fust li champs partis.
Enchises qui mult fu hardis,
S'areste et assemble ses gentz.
Entre chevaliers et sergentz
Ot bien trois cent à son convoi.
Lors assemblent par grant desroi
Enchises et Belchis li lois.

A l'encontrer fu grantz li frois
Des lances dont il s'entredonent
Tiels cox, qu'il s'entredesarçonent
Des chevals; et des fers bruniz
S'entrefierent parmi les piz
Si morteument qu'il s'entreversent.
Enmi le champ tel cent en versent,
De cui les almes sont issues.
En l'estour des espées nues
Veïssiez maint coup departir,
Et tiex cent de l'estour partir,
Qui sont feru jusqu'as boeles;
Trenchent et cospent les cerveles
Et les espaules jusqu'as flancs.
Tant en trebuschent que li sancs
Corust com doils aval les plains.
Des braz, des testes et des mains
Jonchié fu li païs entour.
Mult aclarient en l'estour
La gent Enchises, et tant sont
Afebloié que cil leur font
As espées vuidier les rencs.
James n'i entrera à temps
Gorveinz qui vient por els secourre.
Une liue lui covient courre

Ançois qu'il soit à la meslée
Où sa gent est si desmeslée
Qu'il s'enfuient, çà un, çà deus.
Li lais en prist, dont fu grantz deuls,
Tiex vint qui tuit sont de haut pris.
Avec ceuls a des autres pris
Tant com lui plot, tot à son chois.
Mes or voit fors issir du bois
La baniere Gorvein qui vient.
Du pueple qui o lui se tient,
N'est mie gieus. Tant en i ot
Chevaliers, que de loing semblot
Que touz li monds venist ensemble.
Tant en i vient qu'à Belchis semble
Qu'onques mes tel pueple ne vist.
Mult redouta Gorvein et dist
Ainsi qu'il ne l'atendra pas.
A son eschec, plus que le pas,
S'en vet; et quant cil de l'ost voient
Qu'il s'en va, s'il ne le convoient,
Ce dient, james n'auront joie.
De l'ost se metent à la voie
Tiex trois cent qui tuit lié en furent.
Mes por noient tant ne les surent
Chacer que james les ateignent.

Leur chevals cheent et esteignent
Par les bruieres, et Belchis
S'en va, qui bien set le païs,
Parmi la forest et tant fuit
Qu'à Campandone vint la nuit,
Un sien chastel qui mult ert fortz.
Gorveinz Cadruz et ses effortz
Remest es plains de Hardevrin.
Li chastials ert sor le chemin.

Illuec se loge et si assiet
Le blanc chastel qui trop bien siet.
Il n'ot plus bel en Engleterre.
Mult ot Belchis li lais grant terre
Illuec entour; mais cil de l'ost
Lui ont le païs assez tost
Eissillé. Quant cil de la tour
Voient qu'il sont assis entour,
Si s'apareillent du deffendre,
Et Gorvainz Cadruz por euls prendre
Fist fere eschieles plus de vint.
Au matin, si tost com jourz vint,
Les assaillent et cil d'amont
Leur vont as murs, là où ils ont

12

Leurs eschieles ignele pas
Dreciées. Mult estoient bas
Li mur et mult se deffendirent
Cil dedenz; mes tant s'estormirent
Cil de l'ost qu'ils monterent sus
Par temps. Lorsqu'il ne porent plus
Es bailles cil dedenz durer,
Par force les covint monter
En la tour; et Gorveinz demande
Le feu, et es sales commande
Que l'en le mete souz le vent.
Si font il et li feus s'esprent
En un paliz devant la porte;
Si comme deable l'emporte,
Sailli du paliz en la tour,
Et ele estoit bourdée entour
De cloies et de heriçon.
Du hordeïs en la meson,
Dedenz la tour, sailli li feus.
C'est uns tormenz qui mult est feus,
Car riens ne puet à lui durer;
Et nel porent plus endurer
Cil dedenz; ains metent les corps
A bandon. Si saillirent fors
Du chastel parmi les fenestres;

Couls et espaules, bras et testes
Depechoient au saillir jus.
Cil furent pris, il n'i ot plus.

L eur trefs destendent, lors s'esmuet
Gorveins Cadruz, et li ostz muet
Droit au chastel de Campandone,
En la riviere d'Handidone;
Courrent et ardent tot entour.
Belchis li lais fu en la tour
De Campandone. Quant il vit
Sa terre ardoir, sempres a dit
A ses parens : « Montez, montez. »
De Campandone en mi les prez
S'en issent toz prest de mal faire.
Belchis, que que soit du retraire,
Dist qu'il ira leur gentz veoir.
Porce qu'il voult l'ost surveoir,
Issi du bois en une angarde,
Mes onques ne se dona garde
Devant que Gorveins l'assailli.
Du bois où il ot assailli
Un chastelet qu'il orent pris,
Sur les bons coreors de pris

Lor acorent. Quant Belchis voit
Gorvein Cadruz qui jà estoit
Entre lui et le bois à destre,
Por ce que autre ne puet estre,
Lui vient, et mult très grant mellée
Comence, mes n'i ot durée.
Les gentz Belchis sempres tornerent
Les dos, et cil les atornerent
As espées mult laidement.
Quant li lais vist certainement
Que sa puissance estoit outrée,
Fuiant s'en va, lance levée,
Devant et si parent après.
Cil de l'ost qui sivent de près
En ont à grant merveille occis.
Onques un seul n'en i ot pris,
Tout ocient, einsi le font.
Par force des chevals en vont
Cil qui ne muerent en la place.
Quatre leues dura la chace,
Ainz que li lais peüst avoir
Recet, qu'il ne pot porveoir
A Campandone retorner.
Onques son frain n'osa hoster
Devant ce qu'il vint à Monthaut,

Un sien chastel qui mult fu haut
Assis en un regort de mer.
De tant se puet il bien vanter
Qu'il ne crient siege de nul homme.
Si tous li empires de Rome
Estoit entour, n'auroit il garde,
Car la mer d'Escoce le garde
D'une part; si fu bien seant
Par derriere, il n'ot par devant
Plus bel chastel en Engleterre.
Devant la porte, devers terre,
Avoit une roche dreciée
Dont la falaise estoit tranchiée
Plus de cent toises en parfont.
Desus l'arriere jusqu'à mont
Avoit murs et torneles teles
Qu'en tout le mond n'avoit auteles.
Monthaut, ce chastel que je di,
Avoit Belchis devant garni
De quant qu'il pot el mond avoir.
Là fu li miex de son avoir,
Là fu sa femme et sa maisnie.
A sejour là fu envoïe
Lidoine qui par mesprison
Fu prise et là mise en prison.

Maint chevalier preuz et cortois
I fu; Belchis, desus son pois,
I entra, qui doute à morir.
Or voit Gorvein devant venir,
Mes ne l'en chaut, car poi le doute;
Et Gorveinz vient, et sa gent toute
A amené devant Monthaut.
Mult le vist riche et fort et haut,
Sel doute mult à asseoir.
Mes por ice qu'il set de voir
Que Lidoine est là sus amont,
Dist que james jour de ce mond
N'en partira devant qu'il l'ait
Par force pris. Tot son ost fait
Logier contreval la riviere;
Devers la mer par de derriere
N'i peüst il pas avenir.
Par devant fist ses gens venir.

A insi fu en Monthaut assis
Li lais, qui jà ne sera pris
Por rien; mes de c'est il seürs
Qu'il n'a terre defors les murs
Plain pié que Gorveins ne lui ait

Eissillié. Or fet son atrait
Devant le chastel que il a
Assis. Partout le mond manda
Engigneors; mult en i vint.
Engins, tant onques ce n'avint,
Leur fist fere; quant il les orent
Fet, au plus tost qu'il onques porent
Les drecent as murs, si assaillent;
Et cil qui furent dedens saillent
Encontre lui; hardiement
Les receurent et bien sovent
Issent contr'euls fors du chastel,
Si qu'il leur portent le cembel
Trois fois le jour jusques as tentes.
Cil de l'ost qui ont leur ententes
A euls mal faire, les encontrent
Si mortelment qu'il s'entrefrontent,
Et s'entrocient et mehaignent.
Un jour perdent, autre gaaingnent
Cil du chastel qui grant deport
Ont de ce que il ont le port
Des nefs qui vont et qui revienent,
Où gentz et viandes leur vienent.

Ainsi assaillent et deffendent;
Cil ont assez où il entendent.
Et Meraugis que devient il?
Quarole il encores? Oïl.
Einsi com la matire conte,
Raouls qui romance le conte,
Trove que onques ne fina
De quaroler, ainz quarola
Dix semaines, tant qu'il avint
Qu'uns autres chevaliers i vint,
Qui entra ens par aventure.
Li chastiaus ert de tel nature
Que touz jours en i avoit un.
Illueques s'oublioit chascun
Tant qu'uns autres i revenoit.
Li chevaliers chante orendroit,
Et Meraugis vint au destrier
Qui onques puis n'ot de mangier
Talent, qu'il entra en la porte.
Lors monte et li chevax l'enporte
Fors du chastel; et quant il fu
Là fors, si vist le tref tendu
Devant la porte, dont il ot

Mult grant merveille. Sempres ot
Le roussignol chanter et voit
L'erbe verd dont la flour estoit
Freschete et li bois fu floriz.
Meraugis qui fu esbahiz,
S'areste et dist : « Diex, dont vien gié?
« Sui enchantez ou ai songié?
« Ne sai, par foi, mes j'oi merveilles,
« Quant j'oi chanter à mes oreilles
« Le roussignol : oci, oci.
« Et orendroit, quant je fui ci,
« Erent les noifs par cest païs
« Plain pié d'espais ; or m'est avis
« Du rossignol que j'oi chanter,
« Qu'il le fet por moi enchanter.
« Non fet ; si fet, quoique nuls die,
« Raison ne lui aporte mie
« Qu'il chant si tost ; ce n'avint onques.
« Por quoi ne chanteroit il donques?
« N'est il estez? Nanil, par foi.
« Quoi donc, yvers? Yvers, porquoi
« L'erbe si verd? Est il esté?
« Non est ; la noif a ci esté
« Jehui par tout que je sivi.
« Par foi, à pou que je ne di

« De moi, que ce ne sui je mie.

« Si sui ; dont ne quier je m'amie ?

« Ne sui je Meraugis ? Oïl,

« Si sui je ; mes ne sui pas cil

« Qui orainz vi les noifs. Si sui.

« Ce sui je qui en ce jour d'hui

« Les vist. Non fist ; ce ne puet estre

« Qu'après les noifs peüst or naistre

« L'erbe si tost por nul pooir.

« Ce que je cuit orains veoir

« Fu fantosme ; non fu, par foi.

« Mes c'est fantosme que je voi,

« Car je sai qu'il m'a mie un mois

« Que Noel fu. Si iert ançois

« Avrils que li roussignols chant.

« Je n'ai pas doute qu'il m'enchant.

« Par mon chief, je croi mielz encore

« L'iver d'orains que l'esté d'ore.

« Je vi les noifs ; je sai sanz doute

« Que par les noifs trovai la route

« Du chevalier que je sivoie.

« Diex, où est il ? Or le voudroie

« Trover ; mais jà nel troverai.

« Quel part irai ? quel le ferai ?

« Il n'est pas loing. » Lors va au tref

De plain esles, non pas suef,
Si fiert dedens; mes il n'i voit
Homme de char. Pas n'i estoit
L'Outredoutez. Où estoit il?
Orainz se parti comme cil
Qui ert annuiez de gueitier
Au tref, et est alez cerchier
El bois, savoir s'il troveroit
Meslée, que mult en seroit
Liez s'il pooit alcun mal faire.
Mes où qu'il aut, toz jours repaire
Au paveillon, sempres vendra.
Meraugis, quant il ne trova
Nului au tref. s'en est partiz,
Toz dolenz et touz esbahis;
S'en va poignant tote la voie,
Si com la rage le convoie.
Tant a coru que il trova
Un quarrefour; là s'aresta
Et vist quatre hommes qui baisoient
Une croiz et mult se hastoient
De la baisier, puis l'ont dreciée.
Ce dist, quant vist la croiz baissiée :
« Diex, que veoi je? Où ai esté?
« Où, el chastel où j'ai chanté

« A la tresche. Le rossignous
« Me disoit voir, j'estoie fous,
« Que de son chant le mescreoie.
« Je voi Pasques et que diroie?
« Bien m'a li diables d'enfer
« En pou de temps gieté d'yver. »
Lors se demente et plaint s'amie
Et dist : « Je ne me merveil mie,
« Douce amie, si je vous ai
« Perdue, car je vous lessai
« Comme fous. Si sai bien sanz faille,
« Quant vous veïstes la bataille,
« Que vous i cuidastes ma mort.
« Or n'i voi je mes nul confort
« En vous trover; trop ai lonc temps
« Quarolé. » Einsi, fors du sens,
S'en part d'illuec; mes tel duel a
Près qu'il n'esrage. Tant ala
Qu'il encontra en une lande
L'Outredoutez qui ne demande
De lui, si la meslée non.
De Meraugis conust le non,
Tantost com il vist son escu,
Car Laquis, quant il l'ot vaincu,
Lui devisa quex il estoit.

Si tost com Meraugis revoit
Le rouge escu au serpent noir,
Si dist : « Je ne quier plus savoir.
« Je voi là celui qui Laquis
« Honi por moi. Jà en ert pris
« Li drois; je n'en prendroie mie
« Concorde. » A l'encontrer lui crie :
« Culvert, assez avez alé,
« Voire quant je t'ai encontré,
« Jà n'iras plus. C'est sanz merci,
« Ainz t'aurai mort. Quant je t'ai ci
« Trové, jà plus ne te querrai. »
Dist Meraugis : « Jà en verrai,
« Duquel qui soit, morir l'orgueil.
« Tu demandes ce que je vueil;
« La bataille ert mult bien seant,
« Quant il te plest, je le vueil tant
« Qu'onques si liez de rien ne fui. »
L'Outredoutez respont : « Je sui
« Plus liez qu'onques ne fui nul lieu.
« La concorde, ce voue à Dieu,
« N'iert jà por chose qui aviegne,
« Car il m'est tart que je te tiegne. »

Lors n'i ot plus, le parler lessent ;
Lor chevals brochent, si s'eslessent
Fier et hardi plus que liepart.
De fer de lances et de dart
S'entrefierent, si que il font
Escutz croissir ; li hauberc sont
Par force rout, si que les fers
Boivent es piz. Trestouz envers
S'entrabatirent li vassal.
Quant cheü furent, li cheval
S'enfuirent plus tost que foudre.
Cil qui remeistrent en la poudre
Sont mult blecié ; l'Outredoutez
Fu parmi le destre costez

Feruz au cheïr en l'herbu;
Bien en garra. Meraugis fu
Feruz el piz souz la mamele,
Si en parfont que l'alemele
Du glaive essiva par derriere.
De lui ne sai en quel maniere
Il garesist; trop en seroit
Fort à garir. Mes orendroit
Ne s'en sent il, ne cil ne fait,
Ne cist ne cil por mal qu'il ait
Ne s'esmaient. En piez revienent;
Les escuz qui mult leur avienent
Metent avant; espées traites
S'entrevont et gietent retraites
Sourmontées et entredeus,
Que nuls ne peüst entr'ex deus
Veoir fors les espées nues
Qui vont et vienent; esmolues
Sont les espées et trenchans,
Et il fierent uns cox si grans
Que trestouz as premerains cox
Font des hyaumes voler les clox,
Si qu'il descerclent et peçoient;
Les haubercs que por forz tenoient,
Ne valent rien, tost sont desrout.

As espées qui tranchent tout
Font des testes le sang saillir
Tout coup à coup, et sanz faillir
S'entrevienent si aïré,
Tu m'as feru, je te ferré.
Ne sai lequel le feïst miaux,
Mes ainz que fausist li assaus
Qui premerains fu commenciez,
Ot des plaies li meins bleciez.
N'i font pas longues reposées ;
Sempres revont as granz mellées,
Recommencent de chaut en chaut.
Laidement, à cel autre assaut
S'entre sont mult entrempirié ;
Par tantes fois sont repairié
A la mellée, si qu'il sont
Près de la mort ; mes il n'en ont
Assez, encore en veulent plus.
Lors dist l'Outredoutez : « Mar fus
« Bataille ! tu es la meillour
« Quonques mes fust en nesun jour
« Par .11. homs ; tele ne sera. »
Dist Meraugis qui l'escouta :
« Por quoi mar fus ? Qu'ele est perdue.
« Jà par nous n'iert avant seüe.

— Porquoi? — Je connois bien et voi
« Que tu m'as ocis et je toi,
« Et c'est damages, car tu es
« Li plus hardis qui onques mes
« M'encontrast. S'en ai encontrez
« Assez, mes nes ai pas contez;
« Et mult en ai ocis et pris,
« Mes sur touz je t'en doing le pris,
« Car tu es li plus merveilleus.
« Ne t'en faz pas plus orgueilleus
« Si je te pris; jà por ce los
« Ne te chaira somme du dos
« Que tu ne muires sanz respit.
— Avoi, fet Meraugis, qu'as dit?
« Bien sai que mautalent et ire
« Te fet ceste parole dire.
« Certes, bien croi que je morrai;
« Mais jà tant comme je durrai,
« Ne me tendras por recreant.
« De ce que tu me prises tant,
« Dis tu com boins, et je pris toi.
« Puis il n'ert pas tel duel de moi
« Comme de toi, si je muir; non,
« Car je ne sui de nul renon;
« Mes tu es li plus renomez.

« Seul du non dont tu es nomez
« Puet l'en mult grant paour avoir,
« Car tes nons fet à touz savoir
« Que l'en te doit outredouter.
« Ce ne fet pas à redouter
« Que maint chevalier ne te dout,
« Et je meïsmes te redout
« Plus qu'onques mais ne doutai homme.
« C'est li nons qui plus droit se nomme
« Que li tiens; mes se ci estoit
« Li rois Artus, il ne porroit
« Nous concorder ne metre pes.
« J'ai à Laquis de Lampagres
« Promis la main dont tu crevas
« Son œil: ou tu la me leras
« La main, ou je lerai la vie.
— Est ce dont tu as envie,
« Meraugis? — Oïl. — Tu es fous,
« Que de la main prendras les cous
« Dont tu morras. Trop avons ci
« Esté en pes. Je te renvi
« Au gieu où nous metrons chascun
« Tout contre tout; tout ert à un. »

N e distrent plus; isnele pas,
Espées traites, as grantz pas
S'entrevienent; mes il ne fierent
Fors es plaies qui es corps erent.
Tant ont feru et tant maillié,
Li hauberc sont tuit desmaillié
Des espées qui vont et vienent.
Merveille est com les almes tienent
Es corps qu'eles ne saillent fors;
Il n'i a nul qui n'ait el corps
Dis plaies que par la menour
Porroit une alme, sanz demour,
Issir, sanz les esles tendues.

Mult se sont les almes tenues
Et tant se tienent que des sancs
Laissent tant qu'il perdent les sens
Et leur force, que li plus fortz
N'a tant pooir, por nul effortz,
Qu'il puisse s'espée tenir,
Non pas tant d'escu soustenir
Com il ont; ainz les ont laissiez,
Des braz se sont entrembraciez,
Par les testes illueques sont
Entrapoié, que il ne font
Riens ne dient, ne il n'i a
Celui des deus qui un esta
Feïst por lui, qu'il ne porroit,
Que si cist n'estoit, cil chairoit.

Ainsi ont une piece esté,
Tant qu'en la fin l'Outredouté
Mourut, et il cheent amdui,
Meraugis sus, et cil soz lui,
Qu'il n'a pooir de faire plus.
Un pou souspire au cheïr jus
Meraugis, qui encor n'est mie
Mortz; ainz lui membre de s'amie
Et de la main que il promist
A Laquis. En cel porpens prist
Force et vigour, qu'il s'est dreciez
Par force, et tant s'est efforciez
Qu'il a pris une espée et voit
L'Outredouté qui se gisoit
Tout envers, les paumes tendues.
Meraugis dresce vers les nues
L'espée et fiert desus le poing
Contre terre; deus piez en loing
Vole la main et il la prent.
Quant il la tint, tout esraument
Souspire, et el souspir qu'il fet
Lui faut la force et il s'en vet
En mi la lande, tout envers,
Deseur son piz, tout en travers

A deus braz la main embraciée
Au chevalier, et l'a laciée
Contre son piz, par tel pooir
Que bien pert qu'il la veult avoir.

Ainsi en mi la lande jurent
Li chevalier, et tant y furent
Que par là passa une route
De chevaliers. Là estoit toute
La force Meliant des Lils,
Un chevalier preus et eslits
Qui les conduist ; serorge estoit
Belchis li lais qui lui avoit
Mandé qu'à Pasques fust o lui.

Cil qui nel laisse por nului,
I vint. Ensemble o lui avoit
Espinogres; ses niés, quidoit
Lidoine prendre et estre rois;
Mais li vasletz sera ançois
Chevaliers que on la lui doigne.
A Pentecouste, sanz esloigne,
Sera chevaliers, au jour haut.
Tant ont erré qu'en mi le gaut
Trovent les chevaliers gisant,
Qui combatuz s'estoient tant
Ensemble qu'assez en avoient.
Cil de la route qui les voient
Vont cele part; si s'aresterent
Seur euls et tant les esgarderent
Qu'il conurent l'Outredouté;
Mes ne sevent por verité
Qui icil est qui mort l'avoit;
Ainz dient tuit : « Diex, qui estoit
« Cil qui fu tant bons chevaliers? »
Dist Melians des Lils, li fiers :
« Qu'est ce? — Sire, cist est occis
« Qui ert doutez en tous païs.
— L'Outredoutez? — Voire, sans faille.
« Onques ne fu tele bataille,

« Que cis est mortz qui l'a occis.

« Ne sai li quex en a le pris,

« Mes chascuns a sa mort vengiée.

« — Cil qui li a la main tranchiée,

Fet il, en a le pris par droit.

« Ice qu'il la tient si estroit

« Contre son piz, que signefie?

« Bien pert qu'il ne la laissast mie

« El champ, s'il eüst le cuer sain.

« Que que soit lui forfist la main,

« Seignors, fet Melians des Lils. »

Lors descent la bele Odelis,

Une dame qui ert amie

Meliant des Lils; mes n'iert mie

Vilaine, ainz est preuz et cortoise.

A Meraugis, dont mult li poise,

Mist la main blanche sus le piz

Et taste s'il est refroidiz.

Nenil; ainz sent qu'encor estoit

Vifs et qu'encore lui batoit

Li cuers qui fu de grantz effortz.

« Diex! fet ele, cist n'est pas mortz.

« Li cuers lui bat et jel sent chaut.

« De l'Outredouté ne me chaut,

« Si Diex en a le mond vengié.

« Cil qui lui a le poing trenchié
« Est de grant cuer; si jel pooie
« Garir, un present en feroie
« A Belchis; si lui aideroit
« Contre Gorvein. Nuls n'oseroit
« Proece à la soue ajouster.
« Se il james pooit jouster
« De lance, grant joie en auroie. »
Dist Melians : « Mult en seroie
« Liez, s'il tornoit à garison.
« Un lit où nous l'enporteron
« Nous covient faire. » Sempres vont
Cueillir des perches dont il font
Le lit si bel qu'onques nuls plus.
Muguet i ot et par desus
Jonchiée violete novele.
Li vasletz et la damoisele
Desarmerent le chevalier;
Mes el point qu'il sentit sachier
La main que cele lui osta,
Ovri les ielz, si l'esgarda
Mult fierement; mes en poi d'eure
Lui retorne li blancs deseure.
Un plaing giete, si s'en revet.
Dist la dame : « Mal avons fet,

« Que lui avons la main toloite. »
Lors la remist aussi estroite
Seur le piz, come ele ert devant.
La dame dist à son semblant
De la main : « Qui la lui toudroit,
« Tant la veult que il en morroit
« De duel. » Por ce lui a remise
Desus le piz. La dame a prise
Une manche blanche et dougiée
Dont ele lui a essuiée
La chiere qui de sanc fu tainte.
Mainte plaie lui a restrainte
La dame qui grant paine i met.
Sur toz les autres s'entremet
Espinogres de lui bien faire.
Li damesiax de bon affaire
Le bende et restraint en maint lieu,
Et prie de bon cuer à Dieu
Qu'il le respast. Atant l'ont pris
Entre leur braz, el lit l'ont mis
Sur deus chevauls qui n'ierent pas
Braidiz ; atant s'en vont le pas.

E t cil lessent l'Outredouté
Mort desconfes. Tant sont alé
Que sur mer vienent à un port.
Es nefs entrent à grant deport;
Tant ont siglé qu'il ont veü
Monhaut qui sour la roche fu
Assis jouste la mer parfonde.
Tant nagent qu'au giet d'une fonde
Arrivent près de la cité.
Fors des barges où ont esté
S'en issent et Belchis à point
Encontrent; se fu en ce point
Liez et joianz, ce ne faut pas
A demander; en esle pas
Beise et acole ses amis.
Cil de l'ost qui mult i ont sis
Voient bien le secours venir;
Mes ils ne poent avenir
Devers la mer por els mal faire
Et envis leur porront meffaire
James; trop sont creü de gent.
Li lais demanda erraument
Du chevalier qui ert el lit,

Qui il ert; et cil lui ont dit
Qu'il ne sevent, mes mort avoit
L'Outredouté, cil qui estoit
Par tout le monde redoutez.
« Quoy, fet li lais, est il outrez?
— Oïl, sire, c'est sanz report.
« Cist l'a ocis. — Quant cist l'a mort,
« Mult a ci cortoise novele, »
Fet Belchis, qui la damoisele
Mercie et dist : « S'ele lui a
« Bien fait, qu'or ne s'en faigne jà,
« Mes plus li face por s'amour. »
En une chambre, souz la tour,
Loing de la noise, en un requoi
Ont descendu et mis par soi
Le chevalier qui au descendre
Parla un poi, et lors fist prendre
La main trenchiée et comanda
Qu'on lui gardast. On lui garda
Et enferma en une aumaire,
Comme si ce fut saintuaire.

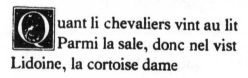uant li chevaliers vint au lit
Parmi la sale, donc nel vist
Lidoine, la cortoise dame

Qui chascun jour prie por s'ame ?
Vist, nenil; n'ele n'en set mot.
Mes l'amour dont ele l'amot
N'est pas morte, si la tient près,
N'ele ne set se il vist mes,
Ne dont ele vit; ne lui chaut
De riens qui viegne ne qui aut,
Ne jà n'en quiert oïr noveles.
Là sus est o les damoiseles
Mue et pensive; nuls n'en puet
Avoir bel œil; du cuer lui muet
Uns duels qui tel l'a atornée
Qu'ele en muert; jà n'en ert tornée,
De ce duel que touz jours i maint,
Se n'en muert, en lui ne remaint,
Tant het sa vie et ses amis.
Li navrez qui orainz fu mis
En mi la chambre, ne set mie
Chiés cui il est, ne que s'amie
Soit el chastel. S'il le seüst,
Seul de la joie que il eüst,
Fust il gariz; mes il n'entent
A ce n'à el, ne nuls n'atent
Noient en lui, fors jà morra,
S'il ne garir dont ne porra.

La damoisele telé paine
I met, qu'en mains d'une semaine
Le respasse, si qu'il parla
A lui et qu'il lui demanda :
« Dame, où sui je? — Biax doz amis,
« A un chastel qui est assis.
— Qui l'a assis? — Gorveinz Cadruz.
— Gorveinz? Por qu'est Gorveinz venuz
« Si loing ce chastel asseoir?
— Porce qu'il veult Lidoine avoir,
« Une dame qui est là sus. »
Lors lui conte sanz metre plus
De Lidoine, com on la prist
Et com Gorveinz Cadrus enprist
Por lui la guerre. Quant cil l'ot,
De la joie que il en ot
Lui furent tuit si mal passé;
Lors souspire et en cel pensé
Lui dist la pucele à estrous :
« Biau chevalier, dires me vous
« Qui vous estes? — Dame, je non.
« James ne quiert dire mon non,
« Devant ce que j'aie jousté
« A Gorveinz Cadruz, car jel hé.

« Por ce le hé, si n'ai pas tort,
« Que il het moi comme de mort. »
Quant la franche pucele oï
Le chevalier, mult s'esjoï
De la parole qu'il a dite.
D'illuec se part, si l'a redite
En plaine court que tuit l'oïrent.
Li chevalier qui mult en firent
Grant joie et grant parole tindrent
De ce qu'ot dit, devant lui vindrent
En la chambre, sel conforterent.
Li chevalier qui o lui erent,
Lui prometent que tout est siens
Li chastiaus à fere ses biens,
Si garir puet; et cil respont
Que bien garra, mes mal lui font
Por la noise, car trop lui deult
Li chiefs; et cil qui moult lui veult
Servir à gré, ne l'ose plus
Aïrer. Et paleis là sus
S'en vont arriere et cil remaint
Mus et dolens, qui mult se plaint.
Se plaint, de quoi, de ses dolours?
Non pas, ançois se plaint d'amours,

Dont il n'a rien qu'avoir en vueille,
Ne james n'iert qu'il ne s'en dueille
Parmi le cuer, devant qu'il voie
S'amie et dit : « Or la verroie
« Volentiers; si j'en ay envie,
« Je n'ai pas tort, car c'est m'amie
« C'est mes deduitz, c'est mes depors,
« C'est ma joie, c'est mes confors,
« C'est quanque j'aim, c'est ma poissance,
« C'est ma baniere, c'est ma lance,
« C'est mes desirs, c'est ma richesce,
« C'est mes escutz, c'est ma proesce,
« C'est ma cheance, c'est mes pris,
« C'est tous li monds, c'est mes avis,
« C'est mes chastiaus, c'est mes tresors,
« C'est ma force, c'est mes biax cors,
« C'est ma main destre, c'est ma dame,
« C'est moi meïsmes, que c'est m'ame,
« C'est mes solaz, c'est quanque j'ai,
« C'est la santé dont je garrai,
« C'est ma loiauté, c'est ma foi.
« Verrai la je? Nanil. Por quoi?
« Qu'ai je forfet? Jà la verroit
« Uns autres et je qui claim droit

« En lui, ne verrai pas m'amie.
« C'est tort. » Or ne pense il mie
Coment il la pora avoir?
Nanil, n'en quiert fors le veoir.
Or en droit ou il la verra
Hastivement, ou il morra.

En tel dolour et en tel ire
Ert longuement qu'il n'ose dire
Son bon, ne nuls ne l'aparçoit;
De son penser par tant deçoit
La damoiselle qui lui dist
Qu'il muert d'annui. Riens ne l'ocist
Ne ne destraint fors le sejour.
Lendemain de Pasques, le jour
Qui est de joie et qu'on se doit
Esjoïr, icel jour tot droit
Se leva cil, sanz conseil prendre.
Cui mielz venist encor attendre,
Que trop se deult. Mes por savoir
S'il porra s'amie veoir
S'est efforciez. Quant cele voit
Celui lever qui se doloit,
Mult l'en pesa et dist : « Biau sire,

14

« Où en irez? — J'ai eu bon mire,
Dist li chevaliers, garis sui.
— Garis, fet ele, ce n'iert hui
« Que vous levez, seez vous jus. »
Et cil respont : « Si je gis plus,
« Jà n'en lief je. C'est grant vilté
« De trop gesir ; trop ai esté
« En ce reclus. Tant avez fet
« Que je me senc qu'il m'a bien fet.
« Or n'i a plus ; je vueil aler
« Là sus, amont, moi deporter
« Entre ces genz là ; si orrai
« Tele chose où je m'entendrai. »
Cele qui n'osa à celui
Veer son bon, s'en ist o lui
Fors de la chambre, là sus vont.
Li chevalier qui dedens sont,
Vienent encontre et lui font joie
Mult grant, mes de riens que il oie
Ne lui chaut, quant ce qu'il demande
Ne voit. Devant le feu comande
A fere un siege et l'en lui fet.
Sur un tapis seoir s'en vet
Li chevaliers ; mes je vous di
Qu'onques si laide riens ne vi.

Mult est laids, mes ice lui vient
De ce que trop lui mesavient
Sa teste qu'on lui a tondue.
Il ne lui faut fort la maçue
A sembler fol le plus à droit
Du mond. Fox est il orendroit.
Por quoi? Je di, que que nuls die,
Que cil est fox qui fet folie.
Donc est il fox quant en tel point
Ne veult il pas que Diex lui doint
Sens de sa folie haïr;
Ainz lui plest tant son fol desir
De lui veoir qu'il en cuide estre
Garis; de ce a il fol mestre.

Que vous diroie? Illuec s'assist,
Son chief covert, tant que l'on dist
Es chambres que levez estoit
Li bons chevaliers qui avoit
Par force occis l'Outredouté.
De lui veoir ot volenté
La dame qui ses damoiseles
Apele; mult i ot des beles
Et mult s'atornent quointement.

La dame issi premierement
De la chambre; jouste lui vint
Lidoine cui mult i avint.
Tantost com Meraugis la voit,
La conust; por ce qu'il voloit
Qu'ele le coneüst sanz doute,
Sa teste a descoverte toute
Jusqu'as espaules. Lors le vist
Lidoine qui pensa et dist :
« Diex, que voi je? Est ce Meraugis?
« C'est il, c'est mon, c'est mes amis.
« Diex dont vient-il?» Donc s'aperçust
Meraugis qu'ele le conust.
Por lui faire conoistre mielz,
La fiert d'un douz regart es ielz.
Cele l'esgarde et esgarda
Que en l'esgart ne se garda.
Devant les ielz lui fiert la pointe
D'amours qui enz el cuer l'apointe.
De la veüe ele tressaut;
Li cuers lui faut à cel assaut;
Voult souspirer; ele ne pot
Du cuer traire; au talent qu'ele ot
Du souspir faire, s'est pasmée.
Cil la vist, qui tant l'ot amée,

Pasmer, si dist : « Or ele est morte
« M'amie. » En l'eure qu'el tresporte,
Lui fiert uns duels parmi le corps,
Tiex qu'el cuer adonc s'est enclos
Li duels, por quoi li sanc se lieve
Par tout le corps, si qu'il escrieve
De ses plaies com uns estancs.
Or souronde si que li sancs
Qui ist de lui saut jusqu'el feu;
Pasmez s'est si que de cest jeu
Ne se meüst, quant là acourent
Cil de la sale qui i courrent.
En la chambre là dont il vint
L'emportent, et quant il revint
De pasmeison, si esgarda
La gent et on lui demanda :
« Qu'est ce, sire, que vous avez?
— Que c'est, fet il, vous ne savez?
« Li feus m'a mort. Diex, que ferai?
« James au feu ne chauferai.
— Danz chevalier, si Diex me gart,
« Tiex se cuide chaufer qui s'art,
Fet la mestresse. Onques par moi
« Nel voussistes laissier; or voi
« Avenir ce que je cuidoie.

—. Dame, li feus que desiroie
« M'a mort. » Atant l'ont mis arriere
El lit. S'il fu de grant maniere
Destroits, encor n'est ce noienz
En vers s'amie qui leenz
Se pasme et pasme et repasma
Tantes foiz que grant duel en a
La dame qui, por verité,
Dist qu'ele muert. Mult a esté
La damoisele en cel torment ;
Quant ele revint, erraument
Lui demande : « Qu'avez eü ?
— Que j'ai, lasse ? N'ai je veü
« Le fol ? Gardez que je nel voie
« James. Se james le veoie,
« Le fol chevalier de mon sen
« Me geteroit ; Diex, gardez m'en. »
Fet la dame : « Fox n'est il mie,
« Sachiez de voir, ma douce amie ;
« Ainz est uns chevaliers navrez,
« Mult preus et qui mult est loez
« De tout le mond. — Dame, ne sai
« Mes tant est laids que j'en morrai
« De paour. Tel paour m'en vient,
« Qu'or m'est avis que il me tient

« Orendroit. » Et lors se repasme.
Au revenir, d'un poi de basme
Lui ont fet croix en mi le front.
Par cele croiz en creance ont
Que deables por nul porpens
Ne la puet mes geter du sens.

Mult on esté en grant torment,
Mes de tant l'ont fait sagement
Que riens née ne s'aperçoit
De leur amours. Belles deçoit
Cele du fol et cil du feu.
Si sont leur amours à droit neu
Noées, qu'il n'ont ambedui
Qu'un pensé ; cele pense à lui
Et cil à lui. En tel pensé
Ont el chastel grant piece esté

Du chevalier et de s'amie
Vous lai ; droiz est que je vous die
Où mesires Gawains ala
Et qu'il devint et s'il trova
Cele espée qu'il alla querre.

Il la trova et en la terre
La çaint; après ce qu'il ot çainte
L'espée et s'aventure atainte,
Si s'en retorna au plus tost
Qu'il pot, tant qu'il vint à Britost.
Le jour de Pasques illuec tint
Li rois sa court. A la court vint
Mesire Gawains li cortois;
Tuit en sont lié. Onques li rois
N'ot si grant joie com il ot
De son neveu que l'en cuidoit
Qu'il fust occis; grant joie en firent
Li chevalier de ce qu'il virent
Qu'il fu bauds et haitiez et sains;
Einsi fu mesires Gawains
De touz et de toutes serviz.
Quant li services fu finiz
Si hautement com à cel jour,
De la messe vint sanz sejour
Li roi Artus qui demanda
L'ewe; ele vint; li rois lava.
Tuit ont lavé; de grant maniere
Fu cele court large et pleniere.

Li rois s'asist, tuit sont assis ;
Mes n'i ont mie gaire sis,
Quant une damoisele vint
Desus un mul. La dame tint
Une escourgie en sa main destre.
Cele dame, qui puet ele estre ?
C'est Avice qui herberga
Lidoine, qui puis envoia
Querre Gorvein. Icele Avice
Descent ; ele ne fu pas nice,
Devant le roi dist tot en haut :
« Rois Artus, bons rois, Diex te saut
« Toi et toute ta compaignie,
« Fors Gawain. Lui ne di je mie

« Que jel salu, car je nel doi
« Saluer. — Pucele, por quoi ?
Fet li rois. Que vous a il fet ?
— Quoi ? sires rois, tant a mesfet
« Que dame nel doit saluer.
« Gawain, l'en te devroit huer,
« Car tu seulx estre seur toz pris
« Li plus prisiez; or es sourpris
« De peresce; mal es baillis,
« Quant en toi est touz biens faillis.
« Tu es vaincuz, tu es noienz,
« Tu es li pire de çaienz,
« S'il estoient cent mil à conte.
— Pucele, qui tant me dis honte,
Fet messire Gawains, por quoi
« Me laidis tu ? Qu'as tu en moi
« Trové ? — Gawains, fet la pucelle,
« Je te dirai pour quel querelle. »

Uns chevaliers de cest païs,
Mors est, il ot non Meraugis,
« Must de ci et s'amie o lui
« Por toi querre, et tant par annui
« Te quist Meraugis qu'il passa

« En l'isle, car je le vi là
« Ocire. Et quant il fu occis,
« S'amie remist el païs
« Seule, dolente et esgarée.
« Por lui mener en sa contrée
« M'esmui o lui, et tant errames
« Que par aventure trovames
« Belchis li lais, qui mult mesprist
« Vers lui, qu'en traïson la prist.
« Li lais la tient et la tendra
« Par force et dist qu'il la donra
« A un sien fil. Ele voudroit
« Mielz estre morte; si a droit.
« Si du chastel issir peüst,
« Sor touz chevaliers lui pleüst
« Uns ses amis, Gorveins Cadruz.
« Por lui est Gorveins esmeüz
« De guerre et tant s'est entremis
« De guerroier qu'il a assis
« Belchis li lais dedenz Monhaut.
« Là est Lidoine; ce que vaut.
« Monhauts est forz, nuls nel prendroit
« Par force et j'en vieng orendroit.
« Gawains, ce n'est mie novele;
« Tuit sevent que la damoisele

« Perdi par toi, en ton servise,
« Son ami. Or sez qu'ele est prise
« Par toi; quant tu ne la secours,
« Tu es honiz en toutes cours.»

Mesire Gauwain sanz respit
Demande à toz s'ele a voir dit;
Tuit responent isnele pas :
« Voir a dit. » Por ce n'enquiert pas
S'ele dit voir ou s'ele ment,
Que il ne sache vraiement
Le voir. Porquoi l'enquist il donques?
Porce qu'il ne veult que ses oncles
Ne nuls sache de Meraugis
Qu'il ne soit mors. S'est il toz vifs,
Mes il nel veult fere savoir.
Por quoi? Por ce qu'il set de voir,

Si Gorveins et Belchis savoient
Qu'il ne fust mors, tel plet feroient
Où Meraugis perdroit. Atant
Lui remembre du covenant
Qu'il lui promist à Handitou.
Au covenant pensa un pou
Mesire Gawains; après dist :

« Pucele, quant ce garantist
« Li rois que cil est mors por moi,
« Je sui vaincus, ce vous otroi,
« Se je s'amie à mon pooir
« N'aïde itant. Sachiez de voir,
« Cil qui m'aiment, que je movrai
« A tant de pooir com j'aurai,
« Demain sanz respit. » Lors parlerent
Li chevalier qui mult l'amerent.
« Sires, mult dites que vaillanz.
« Vostre pooir sera mult granz.
« Nous irons touz; nuls qui vous aint
« N'i remaindra; qui ci remaint
« Honis soit il. — Vendrez i vous?
Font il entr'euls. — Oïl et vous?
— J'irai au siége. — Et gié. — Et gié. »
Ainsi se sont trestuit gagié
Qu'il iront demain sanz esloigne.
Bien a Avice sa besoigne
Fete; li rois la fist mengier
Devant lui, et li chevalier
Lui demandent et ont enquis
Coment li chastials est assis.
Et la pucele leur devise
Le siege et le chastel leur prise,

Qu'il ert mult fortz et siet sor mer ;
Nuls ne leur puet le port veer
Par force. Lors dist Agravains :
« Par mon chief, mesire Gawains,
« C'est por noient. Nuls nel prendroit,
« Qui par force ne leur toudroit
« Le port des nefs, où chascun jour
« Vont et reviennent sanz sejour
« Li maroinier ; mes fetes querre
« Par touz les portz de ceste terre
« Les galies et ses menez
« Droit à Monhaut ; si l'aseez
« Devers la mer, ou autrement
« Ne poons nous veoir coment
« L'en le preïst. » Lors dient tuit :
« C'en est li miex. — Voire, ce cuit,
Dist mesire Gawains ; par foi,
« Je le lo einsi endroit moi. »

Niés, fet li rois, coment qu'aviegne,
« A estreines, que bien vous viegne
« De ce siege, vous faz un don.
« De mes tresors vous abandon
« L'or et l'argent et les deniers.

« Donez en tant as soudoiers
« Par trestout et que tuit en aient,
« Tout sanz conte; qu'il ne s'esmaient
« Fors du conter, je vous en pri.
— Biax chiers oncles, vostre merci.
« A vostre los le vueil je fere. »
Einsi devisent cel afere
Sus table; et quant les tables furent
Levées, li baron s'esmurent
En mi la sale sanz demeure.
Mesire Gawainz à cele eure
Fait fere ses letres et mande
Par touz les portz, jusqu'en Illande,
As maroiniers qu'il n'i remaigne
Nef ne galie qu'on ne maigne
Contre lui à Estrivelyn.
N'i remist jusqu'à Duvelyn
Nef qui n'i viegne sanz delai.
Le premerain lundi de Mai
Fu toute la flote assemblée.
Cel jour, sanz plus de demorée,
Vint mesire Gawains et ot
Si granz gentz o lui, com il pot
Mander; mult i ot chevaliers.
Il fist chargier as maroiniers

Armes, viandes; mult en eurent.
Toutz cels qui de la mer riens seurent
Fist mesire Gauwins entrer
Es nefs; atant sanz demorer
Drescent leur voiles, si s'en vont.
Droit à Monhaut où les nefs sont
Siglent si droit que plus ne puet,
Et mesire Gawains s'esmuet
Par terre et chevauche à plus tost
Qu'il puet. Tant eirre à tot son ost
Qu'il vient au siege; mes ançois
Qu'il i venist, deus jours ou trois
Eurent les nefs tolu le port
A cels dedenz, que nul deport
Ne leur puet mes par mer venir
Por riens qui leur puisse avenir.

Donc fu joianz Gorvainz Cadruz
De ce qu'au siege fu venuz
Mesire Gawains lui aidier.
Gorveinz et tuit li chevalier
Viennent encontre et le mercient
De s'aïde; et atant lui dient
Qu'il sont à lui outreement.

Mesire Gawains erraument
Descent et fet les gentz traver
Entre l'ost Gorvein et la mer,
En une plaine; et quant il furent
Logié, por assaillir s'esmurent.
Or as armes, et chascun saut
As armes. Lors va à l'assaut
Mesire Gawains; o lui vont
Tiex cent chevaliers qui tuit sont
Coneü d'armes et seürs.
Li assauts fu mult granz as murs,
Si grans que ce ne fu pas gieus;
Mes mult en a dedens de ceus
Qui tant se doutent que il n'osent
L'œil metre fors, ainz se reposent.
Por quoi? Por mon seignour Gawain;
C'est la paour dont il sont plain,
Qu'il ont par lui le port perdu,
Par quoi il sont tuit esperdu
Et mu et mat et entrepris;
Ne porquant hardement ont pris
Du deffendre; que que nuls pot
Torner des murs, à un seul mot,
Il se defendirent si bien
Le jour qu'il n'i perdirent rien.

15

C il de l'assaut se sont retret
Arriere, qu'il n'i ont plus fet
A cele foiz. Or vous dirai
De Meraugis ce que j'en sai.
A droit conter, Meraugis fu
Là sus; bon mire a il eü
Qu'il est si sainz com une pomme.
Ce fu jà hui le premier homme
As deffenses que Meraugis;
Il ot des deffenses le pris.
Or set que mesire Gawains
Est logiez contreval les plains,
Il et ses gentz; de c'est il liez
Et de s'amie courouciez
Qu'il ne la voit. Vist la il hui?
Nanil, ne cele ne vist lui
Pieça. S' en a desir si grant
Que trop. Et quant il lui plest tant
A lui veoir, por quoi nel voit?
Por quoi? La dame ne voloit
Que james le veïst; por paine
Morir en dust l'autre semaine
De paour, quant ele le vist.
James si com sa dame dist

Nel verra; por cele haschie
Ne veult mie qu'ele r'enchie
En tel dolour; por ce l'en garde,
Et dist : « Dame, vous n'avez garde
« De lui. » Einsi l'en aseüre.
Diex, com la franche creature
Pense autre chose! Et ses pensez,
Que vaut? Penser i puet assez,
Mes ne trueve nule achoison
Por qu'il i aille par raison
Parole, por quoi ele voie
Son ami qui, en autel voie,
Est nuit et jour por veoir la.
« James ne vendrai jusque là,
Fet il, où m'amie est enclose.
« Vendrai? Non voir, c'est nule chose
« De veoir la. » Oez, oez;
Ses talenz est einsi muez
De veoir la com il estoit.
Ne sai quel jour, en tel destroit
Est por s'amie que nuls plus,
Et dist : « Se l'en me set çà sus,
« Je l'ai perdue et ele moi;
« Ne je ne voi raison por quoi
« Je m'en porte ne com je l'aie.

« Diex, que ferai? » Einsi s'esmaie
Et demente, qu'onques la nuit
Ne dormi tant comme eüst cuit
Un œf. Et quant vint lendemain,
Au lever, de sa destre main
Fist croiz sor lui; et quant il ot
Messe oïe, au plus tost qu'il pot,
Comanda qu'on lui aportast
Unes armes et qu'on l'armast
Tot orendroit; et erraument
Por fere son comandement
L'armerent. A son armer vint
Li lais qui à merveilles tint
Ce qu'il s'armoit si à besoing.
Mult fierement lui dist de loing :
« Amis, se Dieus vous beneïe,
« Dites moi ce que signifie
« Que vous armez? — Signefiance, »
Fet cil, » i a il sanz doutance
« Si grant que pluseur la verront.
« Au meilleur chevalier du mond
« Me vueil combatre, corps à corps :
« C'est à Gawain qui est là fors.
« Porce que toutes gentz le loent,
« Je m'en vant, si vueil que tuit l'oent,

« Que, hui cest jour, s'il ne me faut,
« Saura mes cuers quoi li siens vaut.
— Danz chevalier, de la bataille
« Ne cuit je mie qu'il vous faille;
« Mes mult ai grant paour de vous.
— De moi; ne soiez jà jalous
« De moi amer. Je ne vous sui
« Noient; si je sui mortz par lui,
« Ce que vous couste? Nul chose. »
Or plest au lais; si ne l'i ose
Loer; mes touz jours lui desloe
Et dist : « Sire, mult vous amoe
« Avec moi. Quant einsi vous plest,
« Je n'i metroie nul arest
« Sur vous, mes à Dieu vous comanc.
— Diex me doint ce que je demanc
« Veoir. » Tantost com Meraugis
Fu armez, un cheval de pris
Lui amaine on en mi la place.
Li cheval fu jusqu'en la trace
Couvertz d'un blanc dyapre chier;
Por c'ot non le blanc chevalier

Que toutes les armes qu'il porte
Sont blanches ; l'en œvre la porte
Et cil s'en ist, lance levée ;
A un gué vient, si a passée
La riviere ; à plus tost qu'il pot
S'adresce cele part qu'il sot
Que mesire Gawains estoit
Logiez. Mesire Gawains voit
Le chevalier, si dist : « Par foi,
« Cil blancs chevaliers que je voi,
« Demande jouste ; mult est fiers. »
Calogrenains, uns chevaliers,
A tantost dit : « La jouste est moie,
« J'irai jouster, je n'en leroie
« Por rien. Çà, mes armes. » Tantost
L'arment et cil s'en part de l'ost
Sor un cheval plus noir que meure.
Quant il vint là, en icele eure
S'entrevindrent por encontrer.
Calogrenains brise au jouster

S a lance et cil au blanc escu
Jouste si qu'il a abatu
Calogrenain en mi la plaigne.
James n'iert jour qu'il ne s'en plaigne
De ce qu'il chaï si à quaz;
Car au cheïr lui est li braz
Delez l'espaule desloiez,
Comme s'il fust par mi brisiez;
Ne se pout resordre de terre.
Li blancs chevaliers lui va querre
Son cheval et si lui ramaine.
Sus le cheval, à quelque paine,
Le monte, et quant il l'ot monté :
« Amis, fet il, ceste bonté

« Te faz, si te dirai por quoi.
« Si tu veuls estre bien de moi,
« Un seul message me feras.
— Quel mesage ? — Tu me diras
« A Gawain que por lui vieng ci ;
« Et si lui di que je l'envi
« De jouster. — Sire volentiers. »
Cil qui voient les chevaliers
Dient que li chevaliers blancs
Est cortois et hardis et francs,
Por ce que tel bonté lui fet.
Calogrenains einsi s'en vet
Honteus que touz li monds le vist,
Et mesire Gawains lui dist
Par contraires : « Calogrenains,
« Vous a il recreü vos gains
« Cist chevaliers. Com a il non ?
— Ne sai ; il ne quiert si vous non,
« Messire Gawain. Il vous mande
« Bataille et dist qu'il ne demande
« Fors vostre corps. — Quant il m'envie
« De bataille, je nel vé mie, »
Fet mesire Gawain. « Or çà
« Mes armes. » On lui aporta
Unes armes tot esraument.

Armez fu ; un cheval bauçant
Trova tot prest com de monter.
Cil qui o lui voloit jouster,
Vient encontre. De grant esles
Des lances, quant il furent près,
S'entrefierent; les lances croissent
En cent pieces, li escu froissent,
Cil s'en passent; mes au retour
Font as espées un estour
Si estout que cil qui le voient
Dient qu'onques veü n'avoient
Tel bataille. Mult a duré
L'estour et mult ont enduré.

Donc en la fin dist Meraugis :
« Mesire Gawains, biaus amis,
« Traiez vous sus, reposez vous.
« Sire, à cui vous combatez vous ?
« — A cui, fet il ? Je me combat
« A toi, qui de moi fere mat
« Te vantes. Qui es tu ? — Je sui
« Meraugis qui ai tout l'anui
« Por vous, si que bien le savez.
« — Hé ! Meraugis, conquis m'avez
« Certes, vous qui de laid peril
« Me getastes. Estes vous cil
« Cui hom je suis de mes deus mains ?
« Non estes. — Mesire Gawains,
« Je suis vostres ; or est ainsi.
« Si onques de rien vous servi,
« Hui m'en rendez le guerredon.
— Meraugis, je vous doing le don
« De fere quanqu'il vous plaira.
« Comandez, ne me desplaira
« Riens qui à comander vous pleise.
— Donc covient por moi metre à eise
« Que, voianz touz, vous rendez pris

« A moi, si que j'aie le pris
« De vous prendre. » Tout erraument
Lui tent s'espée et cil se rent
A lui et Meraugis l'enmaine
Tot pris, comme le sien demaine.

Quant li baron de la court virent
Qu'il fut conquis, si grant duel firent
En l'ost qu'onques greignour ne fu,
Et dient : « Gauwains a perdu
« Son non. Onques nul jour du monde
« Ne fu mes la table roonde
« Deshonorée fors par lui.
« La honteuse jornée d'hui
« A tot honi quanqu'il fist onques.
« Quant il est vifs recreanz, donques
« Somes nous trestuit recreant ;
« Ne jà de ci alons avant
« Plain pas devant que nous l'aions
« Occis ; lors nous envoierons
« La teste à son oncle le roi. »
Tuit ensemble, chascun pour soi,
Dient : « James ne nous movrons
« De ci, devant que mort l'aurons. »

S'il ont grant duel, greignour joie ont
Cil du chastel. Tuit cil qui sont
En l'ost ne porroient penser
Si grant duel qui poïst passer
La grant joie que cil d'en haut
Font, et dient que nuls ne vaut
Le blanc chevalier. Contre lui
Cent ensemble, non dui à dui,
Courent et tuit le conjoïssent.
Là sus sont, einsi s'esjoïssent,

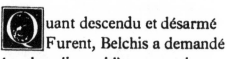uant descendu et désarmé
Furent, Belchis a demandé
Au chevalier qui l'autre a pris :
« Sire, où sera ce prison mis ?
« Comandez ; là où vous plera
« Que l'on le mete, on le metra. »
Et cil dist : « Jà n'iert en destroit ;
« Por quoi ma volonté otroit.
« Gawainz, fet il, si Diex me gart,
« Vous choisirez, un gieu vous part :
« Ou je vous metrai en prison
« A destroit, comme mon prison,
« Ou de vostre main me jurrez

« Feauté, et qu'à moi serez
« Contre touz hommes en aïe.
— Sire, en prison ne vueil je mie
« Estre mis, je vous jurerai
« Feauté; voianz touz, ferai
« Loiauté encontre touz hommes. »
Lors dient tuit : « Enforcié sommes. »
Plus qu'onques mais du sairement
Fu Belchis liés outreement.
Oiant mon seigneur Gawain, dist :
« C'est honour, n'est mie despit
« D'estre homme à si bon chevalier;
« Porce que j'en cuit essaucier,
« Vueil je son homme devenir,
« Et puis je ferai ci venir
« Touz cels qui sougiz sont à moi
« Et chascun lui jurra en foi,
« Einsi com vous l'avez juré,
« Qu'à lui en droite feauté
« Se tendront, car je met sour lui
« Ma guerre et je vueil que nului
« Desdie chose qu'il comant.
— Avoi, sire, je ne demant
« De voz hommes nul sairement.
« Par leur paroles seulement

« Crerai je bien quanqu'il diront. »
Li lais respont : « Il vous feront
« Le sairement, puisque jel vueil.
« Or me sembleroit jà orgueil
« Du desvoloir Vous le prendrez
« Porce que mielz vous fierez
« En euls et mielz se fieront
« En vous, quant avec vous seront
« En bataille. »*La feauté
Lui font en bone volenté
Trestuit, fors Melians des Liz.
Cil lui jura trop à enviz,
Mes en la fin tant lui pria
Ses serorges qu'il lui jura
De sa main, et tuit lui jurerent
Li compaignon qui à lui erent.

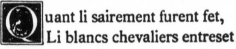

Q uant li sairement furent fet,
Li blancs chevaliers entreset
Leur dist : « Seignours, vous m'avez fete
« Grant honour et por ce me haite
« Qu'il plest à touz, ce m'est avis.
« Or est de ce li conseils pris
« Que si je vifs jusqu'à demein,

« Je ferai savoir à Gorvein

« Coment ma force est ci creüe. »

Lors ont un poi de joie eüe

Et dient tuit : « A demein, soit.

« Il en seront coard renoit

« Qui à demein vous en faudront. »

Demein dient qu'il assaudront

Gorvein, coment que li plez aut.

La nuit aproche, li jours faut,

Et lendemein, si com il orent

Devisé, au plus tost qu'il porent

S'en issent cil qui desirant

Sont d'assembler. El chief devant

Fu li blancs chevaliers qu'es guie.

Jouste lui fu en compaignie

Mesire Gawains, ses amis.

Plus tost que foudre se sont mis

En l'ost ; et cil de l'ost que firent ?

Armé furent dès que les virent

Avaler ; cels ont requoillis

Mult bien, mes il ont desconfis

Ceus qui primes les encontrerent.

Par vive force les outrerent,

Espées traites, de plain frain.

Parmi l'ost, jusqu'au tref Gorvain

S'en vont; illueques les encontre
Gorveins; à l'assambler encontre
Ot maint chevalier abatu.
Tant se sont illuec combatu
Que cil de la table le roi,
Plus de trois cens en un conroi,
Qui heent monseignor Gawain,
Leur saillent des tentes en plain,
Plus tost qu'oissiax ne puet descendre.
Por monseignor Gawain seurprendre
Sont, entre l'ost et la chaucie,
Coru devant une trenchie,
Par quoi cil du chastel estoient
Issu. Par ailleurs ne pooient
Repairier en leur forteresce,
Fors parmi ceuls qui de proesce
Sont loé sor touz chevaliers.
Mesire Gawains touz premiers
Les voit et Meraugis les vist.
Lors à Mesire Gawain dist :
« Retornons, nous somes forclos,
« Se par force ne sont desclos
« Cil qui là vienent. — C'est noiens
« De retorner james leens.
— C'est voirs, » fet il. Atant s'entornent

Arriere et cil de l'ost retornent
Sor els; ceuls convoient ferant
Droit as autres, qui par devant
Les encontrent; en cel estour
Sont en prison devers la tour
Cil du chastel, en tel maniere,
Qui par devant et par derriere
Les fierent si qu'il ont des cox
De toutes parts chargiez les cols
En l'estour, dont chascun s'apresse.
En la fin por percier la presse
Leur fist mesire Gawains pointe.
Coment? Il leur fist une pointe
A l'aïde de Meraugis,
Tele qu'à force se sont mis
Parmi leur gent si qu'il les partent
Par force; et par force s'en partent,
Si qu'il en pristrent au retour
Quarante et cil trente des lour.

Cil du chastel en leur recet
S'en revont et l'ost s'en revet
Arriere droit as paveillons.
Meraugis o touz ses prisons

16

Descent là sus, enz el pales.
Devant Meraugis ot ades
Vaslets, quant il se desarma ;
Li lais qui onques bien n'ama,
Leur dist, com homme sanz merci :
« De quoi servent cist prison ci ?
« Bailliez les moi ; ses me nombrez,
« Jà mar en serez encombrez
« De metre en bujes n'en aniauls,
« J'ai bone cage à tiex oissiaulx.
— Avoi, sire, jà ne seront
« Mis en prison, s'il me feront
« Feauté. » Lors les a requis
Del sairement. Icil ont pris
Leur conseil ; tiex i ot qui l' firent,
Et tiex i ot qui s'escondirent
De jurer. Cil furent tantost
En la prison d'enfer repost ;
C'est une chartre où l'en les maine.
Savez qu'avint cel jour demaine
Qu'il eurent cel estour eü ?
Lidoine ot en l'estour veü
Meraugis, qui si bien le fist.
Tout le jour en parla et dist :
« Diex, qui est cis au blanc escu,

« Qui a tout le monde vaincu ?
— Dame, c'est cil dont vous eüstes
« Tel paour, que vous en deüstes
« Estre morte, ne sai quel jour.
— Onques de cestui n'oi paour,
Fet Lidoine; ce n'est il pas.
— Si est. — Non est. D'autre compas
« Est cil. Cil est uns fox, un laidz;
« Cist est uns sages, uns bien faitz,
« Uns cortois. Cist ne semble l'autre,
« Ne qu'escarlate semble fautre.
— Damoisele, merveilles dites,
Fet la dame, que nous desdites.
« Nous savons bien, trestoutes nous,
« Que de cestui eüstes vous
« La grant paour; n'en doutez point.
— Donc je le vis en malveis point,
« Quant j'oi si grant paour de lui.
— Nul qui le vist lores et hui
« Ne nous creroit, s'il ne le voit
« Desarmé. — Jel voil orendroit
« Veoir, que talens m'en est pris.
« Aussi est mes talens espris
« Qu'autressi, com dusse morir
« Del veoir, morrai du desir

« De lui veoir, se je nel voi
« Orendroit. — Orendroit, par foi,
Fet la dame, vous i menrai
« Ainz que muiriez; mes paour ai
« De vostre mal. » Lors lui ensaigne
Qu'ele se saingt; ele se saigne
Plus de cent foiz en un randon;
Parmi l'uis toutes à bandon
S'en issent de la chambre fors.
Voirs fu qu'il s'entrevirent lors.

Aussi tost com il s'entrevirent,
S'entrevindrent, que tuit les virent,
Les braz tendus; si s'entracolent
Cent foiz et cent; ainz qu'il parolent
S'entrebeisent et cele crie :

« Biax amis, » et cil « bele amie. »
C'est tout quanqu'il pueent respondre.
Lors ne puet plus li lais repondre
Ce qu'il en pense; poi s'en faut
Qu'il n'ist du sens; cele part saut
Et prent Meraugis par les braz.
« A poi, fet il, je ne te faz
« Une honte, fui toi de ci.
— Avoi, par la vostre merci,
« Taisiez vous ent, n'en parlez mie.
« Je sui Meraugis, c'est m'amie.
« Par Saint Denis, qui qu'en parolt,
« C'est Meraugis qui la vous tolt
« Par force, si groucier volez. »
Lors dist li lais qui fu desvez :
« Coment, vassals, es tu donc tiex?
« S'estoies Meraugis et Diex
« Tout ensemble, n'auras tu pas
« Lidoine. Mar le te pensas.
« Tu en morras, prenez le moi.
— Tu me prendras; mes je preng toi.
« N'ies tu mes homs? — Par foi, je non.
— Donc t'apel je de traïson. »
Ferir le voult, Belchis s'esloigne,
Mesire Gawains sanz esloigne

Hauce le poing ; feru l'eüst
Se Melians des Liz ne fust,
Qui par force les departi.
Li lais qui d'illuec se parti
Crie : « Or as armes, traï sommes. »
Tuit si parent et touz ses hommes
Saillent à lances et à glaives,
Quant Melians des Liz, li saives,
Lui dist : « Belchis, vous estes soz.
« Contre lui poi i a des voz
« Ceenz, se traïteur ne sont.
« Bien sachent cil qui mesferont
« A monseignour, cui hom je sui,
« Que mes pooirs est devers lui
« Contre vous, si mellée i sourt.
« Vous meïsmes en vostre court
« Me feïstes le sairement
« Jurer ; sachiez certainement
« Que jel tendrai. » Atant se tust
Li lais qui n'osa, ne ne pust
Venir avant, car si parent
Dient li pluseur erraument :
« Sire, c'est voirs, nous serions
« Parjures, se nous alions
« Contre lui ; rendez lui s'amie. »

Mes por ce ne dient il mie
Rendez lui, que grant duel n'en aient.
Porquoi donc? Por ce qu'il s'esmaient
De ce qu'il voient Meraugis
Et ceuls que jehui furent pris
Ensemble et Melians des Liz
Et Gawains qui tant sont hardiz
De la mellée. Si leur semble,
Se la mellée vient ensemble,
Qu'il sont tuit mort et malbailli.
Por ce deprient : « Rendez lui
« La dame, car c'est ses amis.
— Jà par mon chief, dist Meraugis,
« Ne la me rendrez, car je l'ai.
« Mes s'il en grouce, jel ferrai
« Sanz menacier, de lui se teise,
« Qu'il n'est riens nule qui me pleise
« Fors lui, ne terre, ne avoir.
« D'autre chose, por pes avoir,
« Feroie je partout ses buens.
« Il est mes homs ; je serai siens,
« S'il veult devenir mes amis.
— Meraugis, or m'avez conquis.
« A ce mot n'i covient plus dire ;
« Je la vous quit. — Grant merci, sire. »

Par pes se vont entrebeisier;
Li lais, qui plus n'osa groucier,
Ne le beise pas de bon cuer;
Non peüst il fere à nul fuer.
Por quoi? Porce qu'il ne l'a mie
De bon cuer, donc fust ce maistrie,
S'il en beisast homme ne fame;
Cui chaut? Meraugis a la dame,
Mes à la terre a il failli.
Uns de leurs prisons s'en sailli
Par desus les murs, qui tantost
Ala dire à Gorvain, en l'ost :
« Einsi est. » Quant Gorveins entent
La vérité, plus n'i atent.
Ses trefs destent, atant s'en vet
Vers Cavalon, cele part fet
Tout son ost après lui venir,
Car il veult la terre tenir.

Gorvainz s'en vet com a besoing,
Et fu près de dix leues loing,
Que li autre qui sont remes,
Ne cil de l'ost ne cis des nes,

Sachent por quoi Gorvainz retorne.
Mes or le sevent tout à orne.
Qui leur dist? Mesire Gawains,
Qui du chastel touz premerains
Issi fors por parler à euls;
Lui et Meraugis entr'euls deus
Leur distrent tout; et quant ils orent
Que c'est voirs, li grantz duel qu'il orent
Leur fu à grant joie atorné.
Le blasme qu'il eurent torné
Seur monseignour Gawain si grant,
Devint henour, itant por tant,
Cent tants que nuls ne porroit dire.
Tuit cil de l'ost sanz contredire
Jusrent el chastel cele nuit.
Belchis à joie et à deduit
Les honora de quanqu'il pot.
Onques el chastel la nuit n'ot
Clef sour cellier, ne sour despense.
Si ne sai je que ses cuers pense,
Mes quanqu'il a leur abandone;
Si est garnis qu'à chascun done
Cele nuit quanque lui covient.
Atant ez vous à la court vient
Une pucele preus et sage;

La damoiselle estoit mesage
Gorvein Cadruz. Oez que quist.
Oianz touz, à Meraugis dist :

Meraugis, ça m'envoie à toi
« Gorveins, qui te mande par moi
« Qu'il est de Cavalon saisis.
« Mes se tes cuers est si hardis
« Qu'en champ le voussisses requerre
« Corps à corps, lors seroit la guerre
« Despartie, qu'il ne quiert el.
« Il fu forsjugiez à Noël
« Par ton plet, en la court le roi ;
« James n'en pledera à toi,
« Mes il te mande la bataille.
« Aura la il ? — Oïl, sanz faille,
Dist Meraugis ; ce m'est mult bien
« Que par mon corps et par le sien
« Soit iceste guerre afinée.
« Or soit la bataille atornée
« A demain, sanz plus de sejour. »
Cele respont : « Il te met jour
« A Pentecouste, et si te mande
« Qu'en autre court ne te demande,

« Fors en la court le roi Artu.

« De ce que forsjugiez i fu,

« Veult contre toi prover la court. »

Dist Meraugis : « A quoi qu'il tourt,

« Dites Gorvein que j'i serai. »

Cele respont : « Bien lui dirai. »

Lors s'en va. Meraugis remaint

Comme cil qui en joie maint ;

Fet joie et li baron trestuit

Font joie ; à joie ont cele nuit

Passée, que vous en diroie ?

Au matin se met à la voie

Meraugis, jouste lui s'amie ;

Mult mainent noble compaignie.

Li baron qui en l'ost estoient

Vont o lui et tuit le convoient

A sa bataille. Tant ala

Qu'à la Pentecouste trova

Le roi qui tint à Cantorbire

Sa court. L'en sot par tot l'empire

Que la bataille devoit estre.

Laquis i vint sanz l'oil senestre

Que l'Outredoutez lui creva.

Meraugis, quant il le trova,

Lui rendi, ce fu veritez,

La main dont li Outredoutez
Le fist borgne par son orgueil ;
Ce fu l'eschange de son œil.

Meraugis fu à court venus.
Et que devint Gorvein Cadrus ?
Vint il ? Oïl. Le jour demaine,
O si granz genz com il amaine,
Amaine dames plus de cent.
Gorvains, tantost com il descent,
Demande sa bataille au roi.
« Sire, dist Meraugis, vez moi
« Tout prest com de l'aler ensemble. »
Dist li rois Artus : « Ce me semble
« Que ceste bataille est jugiée.
« Jà par moi n'iert jour respitiée.
« Alez el champ. » Atant s'en vont
Enmi la place ; illueques sont
Li chevalier ensemble mis.
Si comme mortials anemis,

S'entrevienent plus tost que vent.
Des lances au comencement
S'entrefierent par tel vertu
Que parmi outre li escu
Sont troé; et si à bandon
Vienent li cheval, de randon
Vindrent et si droit s'entrevont
Qu'il abatent tot en un mont,
Cheval et chevalier ensemble.
Mes tost refurent, ce me semble,
Li chevalier en piez sailli
Et s'entresont si asailli
As espées; par grant aïr

Corust li uns l'autre ferir
Si très grantz cox sanz menacier.
Tele bataille comencier
Ne fu onques en champ desduite,
Et tant qu'en la fin de la luite
A Meraugis Gorvain conquis.
Porce qu'il fu jà ses amis
Lui dist : « Amis, par compaignie
« Te pri que me quites m'amie ;
« Por ce que je fui tes compaings,
« Je suis prest de jurer seur saints
« La compaignie de rechief,
« Ançois que tu perdes le chief
« Par moi, que pesance en auroie. »
Cil qui ne puet par autre voie
Passer, fors par sa volenté ,
Lui a le roiaume quité
Et la pucele et quanqu'il ot.
De la compaignie tantost
S'entrasseürent et afient ;
Tout de rechief, si comme il dient,
Sont compaing et ami certain.
Si Meraugis r'ama Gorvain,
Et Gorvains lui plus qu'il ne seult ;
Or a Meraugis quanqu'il veult.

Li contes faut; ci s'en delivre
Raoul de Hodenc qui cest livre
Comença de ceste matire.
Se nuls i trove plus que dire
Qu'il n'i a dit, sel die avant,
Que Raoul s'en test à itant.

EXPLICIT LI ROMANZ DE MERAUGIS
DE PORTLESGUEZ PAR MAISTRE
RAOUL DE HODENC.

NOTES ET VARIANTES

———

LE roman de Meraugis nous a été conservé dans quatre manuscrits dont trois seulement sont complets. Le premier, qui par son ornementation a donné lieu à cette publication, à laquelle il a dû nécessairement servir de base, fait partie de la Bibliothèque impériale et royale de Vienne, où il porte le n° XXXVIII du fonds de Hohendorff. C'est un petit in-folio sur vélin, de trente feuillets, écrits sur deux colonnes de quarante vers chacune, en belle minuscule du commencement du XIVe siècle, avec initiales majuscules en or sur fond rose et azur ; il est en outre orné de dix-neuf miniatures d'une très-fine exécution, comme on peut en juger d'après la reproduction due à M. Le Maire. Le coloris et le faire annoncent une école étrangère, qui nous a paru anglaise : les incorrections du texte sur certains points autorisent cette hypothèse. Nous le désignons par A.

Le second manuscrit appartient à la Bibliothèque de Turin. C'est un in-4° sur papier, de cent vingt-neuf feuillets, à deux colonnes de quarante lignes, écrit en mauvaise semicursive du XVe siècle, dont toute l'ornementation consiste

17

en grossières majuscules vermillon. Il est coté (v. cat. de Pasini) XXIII, G. 129, et contient : 1º Une *Histoire de Troyes*, en prose ; 2º *Le Dis des drois*, fº 30 ; 3º un fragment des *Histoires d'Outre-mer*, fº 32 ; 4º *Une aventure du Roy Artus*, fº 51 ; 5º le *Roman de Gliglois*, fº 63 ; 6º *Meraugis de Portlesguez*, fº 82 ; 7º *l'Histoire de Thèbes*, en prose, fº 119 à 130. Il est couvert d'une mauvaise basane usée et déchirée, sur ais vermoulus, et son extérieur est peu prévenant. Cependant, malgré sa date récente et des négligences assez fréquentes, cette copie donne souvent un texte plus correct que le précédent ; mais la coupure des laisses et d'autres points de divergence ne nous ont permis de l'employer que pour rétablir, corriger ou rectifier celui du manuscrit A, dont nous avons reproduit les leçons ci-après. La lettre B désignera le manuscrit de Turin, lorsque nous aurons à le citer.

Le troisième est à la Bibliothèque du Vatican. Il a été décrit dans *Romvart* par Ad. von Keller, qui en avait pris une copie complète, dont il a publié les trois cents premiers vers. Cet obligeant ami se serait empressé de la mettre à notre disposition, mais il l'avait depuis quelques années prêtée à Ferd. Wolff, qui avait eu l'intention de publier ce poëme ; après y avoir renoncé, celui-ci avait transmis cette copie à M. Conrad Hoffmann, de Munich, qui aurait eu le même projet. A une demande de communication appuyée par M. Keller lui-même, M. Hoffmann, que le souvenir de quelques obligations aurait dû disposer plus favorablement, répondit avec sa rusticité habituelle, en décembre 1866, que cette copie était sa propriété ; son travail était fort avancé, ajoutait-il, et on pourrait le consulter. Nous ne voulons pas caractériser ce procédé, il suffit de le signaler et de le mettre en parallèle avec celui de M. Keller. Nous regrettons seulement que ce refus ne nous ait pas permis d'éclaircir quelques passages obscurs ou incorrects.

Un quatrième manuscrit a été signalé par M. Holland (*Crestien von Troyes*, p. 51, note 1) comme appartenant à von der Hagen. Nous croyons qu'il y a quelque con-

fusion à cet égard et qu'il s'agit ici d'un manuscrit de la
Bibliothèque de Berlin, petit in-4° sur vélin, du XIIIe siècle,
dont les cent quarante-trois premiers feuillets contiennent la
chanson de geste d'*Aubri le Bourguignon*, suivie de divers
fragments de *Meraugis*, du *Roman des Eles* et de la *Voie de
Paradis* (f° 144 à 157), et d'une portion de la chanson
d'*Agolant* (f° 158 à 190). *Meraugis* commence au vers

Qui ont toz jors Meraugis quis...

p. 108, et en comprend environ seize à dix-sept cents. Ce
texte, à en juger par un fragment de soixante-dix-huit vers seu-
lement, paraît être le plus correct de tous, et, bien qu'il forme
à peine le quart du poëme, il mérite d'être signalé pour une
édition des œuvres de Raoul de Houdenc.

Ce sont donc les manuscrits de Vienne et de Turin qui
ont servi de base à notre publication. Pour établir le texte
souvent défectueux dans le premier, A, nous avons emprunté
au second, B, les variantes indispensables pour l'intelligence
du poëme ou pour la mesure des vers, convaincus que les
bons écrivains du moyen âge se sont autant appliqués
à écrire avec clarté et intelligence qu'à observer les règles
de la prosodie. Aussi croyons-nous avoir atteint le but que
nous nous proposions en remplaçant par des leçons plus cor-
rectes prises dans B celles que nous avons rejetées dans
les notes. Nous avons distingué par un tréma les voyelles qui,
dans la prononciation, se lient à la suivante ou se confondent
avec elle pour former une diphthongue; selon notre habi-
tude nous avons employé peu d'accents, et l'accent fermé
seulement dans les mots qui l'ont dans le français moderne
et dans ceux, en petit nombre, où l'*e* muet aurait donné une
syllabe de trop, suivant à peu près la formation naturelle à
notre langue dans les mots *blé*, *clé*, où l'*é* a remplacé les let-
tres supprimées. L'espace très-limité dans lequel nous ont
restreint des difficultés matérielles insurmontables nous a
forcé de négliger un certain nombre de fautes légères, mais
souvent répétées, telles que *je*, *le*, *ne*, *le*, pour *jel*, *nel*; *cco*

pour *ce;* mais nous n'avons omis aucune de celles qui avaient de l'importance.

P. 2, v. 14, comptes.

3, v. 12, pont. — 14, lasté. — 20, tele.

4, v. 20, en vain dire. — 21, qui ert. — 22, nest en esté.

6, v. 14, non que ele estoit fontaine et non. — 21, et devoient il bien aler.

7, v. 2, gentile. — 21, pur ses pere qu'est.

8, v. 4, ensi seult tenir terre... — 14, qui à lance porra venir. — 17, en pré.

9, v. 10, qui ait — 11, osse — 24, qu'ele.

10, v. 11, chevauchierent qu'el. — 13, tournois esmeus. — 14, com. — 15, et eles.

11, v. 14, à cui l'uevre. — 19, fille au roy. — 14, vist desus l'eschaufaut montée.

12, v. 6, se dist la dame. — 9, si le prendrons et — 17, de Aelis. — 18, si grant. — 23, mes plus vous di.

13, v. 6, maintes et.

14, v. 6, il le seurent. — 9, cox ferir. — 19, et si fu.

15, v. 19, s'ele puet pas si covenable. — 22, qu'il l'ont. — 23, l'anjeu des amis.

16, v. 5, à la richesce. — 11, et fu. — 24, rien ne se refuisent. — 18, compaigns, *partout.*

17, v. 21, et la plus bele.

18, v. 12, *après* icele *mettez une virgule.* — 24, ele non. — 25, qu'ele l'ait ne que l'doie avoir.

19, v. 5, veez. — 6, me aint. — 10, hui le saura — 16 et 17, *manquent dans* B. — 19, tot *n'est pas dans* A. B. et si en cuit faire savoir.

20, v. 1, que je le face. — 17, *après* quitement *point et virgule.* — 18, et ne sai, si Diex m'avient. — 25, et sachiez.

21, v. 7, sanz plus s'en est tenus. — 19, anbedui.

22, v. 1, 3 4. *et passim, lisez :* après, *et* près. — 15, atant par en a dedenz. 24, et de sens.

23, v. 13, car si or estoit de henour.

24, v. 1 et 2, *ajoutez des guillemets.* — 16, que l'i metrai Si ferez. — 18, *lisez :* je vous.

25, v. 2, car. — 12, vous loo. — 13, loos. — 16, *lisez :* bien. — 18, je le faz.

* Le premier chiffre indique la page, le second le vers; les variantes sont toutes tirées de A, quand il n'y a pas d'indication contraire.

P. 26, v. 1, ne ere il ja avant.

27, v. 5, mult vos loo — 6, à nul jour. — 13, qu'il n'i a. — 16, en autre.

28, v. 1, si com. — 14, avez noient vous.

29, v. 1, mult grant — 10, et quant il l'oient. — 19, Tiex i a dit.

30, v 10, qu'ont contre. — 23, par covant.

31, v 4, tot sanz atendre.

32, jà corust : mes. — 19, son loos.

33, v. 4, bien de dire. — B. bien pueent.

34, v. 8, je nel. — 24, car si je le.

35, v. 3, et pris conquerre — 5, porquoi que. — 6, se je oie. — 7, *lisez* : après. — 19, ainz le recreantent.

36, v. 3, *lisez* : après.— 6, et aventures.— 7, mult s'entremetent. — 14, n'en vint. — 15, eüst assez los — 19, vienent; et Lidoine i fu.

37, v. 3, *supprimez* Et *qui n'est pas dans* A. B. qui estoit. — 4, or maintes dames — 11, faire bataille.

38, v. 2, par moi. — 6, ni je pas. — 11, loo.

39, v. 13, *lisez* : adès. — 18, après plus. — 24, on en peust.

40, v. 2, XXX. là XX. de la sus. — 3, devant 10, et bien. — 13, XX. çà III. là V. là VI. — 16, si l'a redit après — 19, se ceste. — 24, Amée l'amie.

41, v. 4, ne ne. — 8, A est tout, quant. B. tout en un, tout. — 19, B. de Glocestre.— 20, *Tout ce passage, extrêmement confus dans* A, *se lit ainsi* :

> Dist que lui convient à entendre,
> Lidoine dist que vielt aprendre
> Li quex l'aime mielz. Ce convient
> Respont Avisce qu'ele dist bien,
> Et se chacun la vielt avoir,
> Je ne puis ci raison veoir
> Li uns sanz l'autre ne vaut rien.

suivent 22, 23, 24 *de la page* 41, *puis* 9 à 10, 12 à 17 *de la page* 42.

42, v. 11, *est emprunté à* B. On a trois vers : 20, 21, 22, *avec la même rime ; peut-être faudrait-il en supprimer un ; un troisième manuscrit serait indispensable pour obtenir la vraie leçon.*

42, v. 15, prent le droit gieu. — 16, Si doine Lidoine à l'un.

P. 43, v. 10, que cil i doive. — 11, qui l'aint ; B. *n'a pas* si ; *il faut lire* qui l'aim *ou* aint.

44, v. 3, le cutefis. — 6, biauté va çà or fust mielz. — 19, n'est preus. — 21. di je et voil.

45, v. 3, l'aime tout si.

47, v. 11, s'en alast. — 18, qui en puet. — 19, non au voir. — 20, en autre lieu nestre. — 21, en ceste. — 23, por lui as plaitz.

48, v. 13, du tant.. apoiez. — 14, apaiez.

49, v. 9. *supprimez le guillemet.*

50, v. 12, et vostre.

51, v. 19, si du tant ne vous. — 23, veez vous ci.

52, v. 8, si quant. — 9, qui lui leva on cuer — 10, *lisez :* onques ne lui.

53, v. 8, qu'apaus. — 11, consent. — 12, l'en doibt. — 14. les ielz. — 16, ce voil. — 17, consent œil. — 18, perça.

55, v. 1, Et li damoisel. — 8, assis. — 17, fist.

56, v. 2, nenil, non. — 3. qu'ele soit. — 4, que ta court... escomée. — 19. ce sai je.

57, v. 1. Na! — 8, et joiant et. — 12, n'en celez. — 19, où il en. — 22, n'en orra. — 23, que nulz chevaliers.

58, v. 1, je loo. — 4, s'il n'ose je pas. — 6, por lui.

59, v. 5, que vous soiez mis. — 15, je le di. — 16 et 17 *sont intervertis dans* A. — 16, je cuit que — 20, B. ly bien. — 21, A. ne peust. — 23, veoir et par.

60, v. 3, son train torne. — 4, retorne. — 25, s'entorne.

61, v. 1, et quant li dui. — 2, montent sus. — 10, tant qu'ont. — 11, et vint. — 12, à pié, voire. — 19, mes on le voit. — 23, qu'est ce, fet-il, qui t'a. — 24, que fait. — 25, hont.

62, v. 8, savez. — 9, faudras, or. — 11, autant. — 18, ele s'en vint par, *lisez :* près.

63, v. 13, sa viellece.

64, v. 15, n'estes vers moi. — 16, m'assiet. — 24, que je vous.

65, v. 4, ce que je vous. — 5, veez le.

66, v. 7, *lisez :* plains. — 16, trief, *et passim.* — 22, une glaive. *Par glaive on entend une lance.*

67, v. 17, si le va.

68, v. 18, 19, *supprimez le guillemet après* Ha! *et avant* dames.

69, v. 12, por vous. — 21, m'entendrai je croi.

71, v. 1, la toz remeist.

72, v. 15, jousterez.

P. 73, v. 15, le cheval. — 17, donne Meraugis. — 22, droit qu'il porte.

74, v. 2, et maintenant. — 4, Et tu. — 7, cil lui. — 8, *après* jus *virgule au lieu de* point et virgule.

75, v. 4, de lui sus. — 11, Diex, *lisez :* Dels.

76, v. 3, por quoi hardi. — 13, que je tout einsi vous. — 15, B. Patris de Tabroan.

77, v. 1, li uns. . a haîe. *Pour* hautie, *lisez :* haatie. — 8, fors l'escu. — 11, en court ains. — 12, occis. — 14, s'il s'avanta. — 15, coment lor voua. — 19, Galeun leur en. *Ce nom ne figure pas dans les Romans de la Table ronde.* — 24, combateroit.

78, v. 3, que tout l'an. — 9, ne voloit faire. — 10, qu'autel leur dis... touz taire. — 14, ne le tendroie. — 16, sanz demorer.

79, v. 2. tu veas. — 6. m'est tout. — 12, là en leur. — 19, je l'ai abatie.

80, v. 15, le fist pendre ses escuz. — 17, dire vous doi. — 18, qui est il, ce est. — 22, de ses faitz.

81, v. 16, vielt du tout tuer. — 18, et il est droitz. — 22, lui change el cors.

82, v. 8, il croisceroit. — 11, qu'uns diex.

83, v. 11, en la place. — 13, *manque dans* A. — 14, que ceste raison

> Courra par toute sa meson,
> N'est nuls si hardis qui conoisse
> L'escu por iceste anguoisse.
> Ce est l'escu au noir...

18, qui l'ose. — 19, ne du paveillon.

84, v. 9, lance au chevalier ont. — 10 et 11 *sont intervertis.* — 13, que ainz. — 17, si que... tourra. — 24, eles. — 25, et vilainie et hontage.

85, v. 1 et 2 *manquent dans* A. — 4, faudront. — 5, vourront. — 7, où n'a mesure ne reson. — 8, mes tout avant met. — 9, qui a. — 10, est fortune. — 11, à cele. — 18, Meraugis : Ce est.

86, v. 12, mantendrai. — 16, se dist. — 17 B, Lanpeguez. — 25, n'en doutez.

88, v. 1, croire tant qu'à Joedi. — 5, B. les plumeor, *nous n'avons pu trouver le sens exact de ce mot.* — 7, com en.

89, v. 5, qui. — 9, et quant. — 14, qui laids. — 18, *suppr. le* guillemet.

P. 90, v. 17, si tu ne me puez. — 20, Et je deffendrai
91, v. 4, n aura leenz. — 5, ou en son cuer.
92, v. 2, Laquis qui.
93, v. 1, dist que por. — 4, après et dist. — 16, *suppr. le guil-
lemet*. Tu n'oseroies. — 23, *suppr. le guillemet*. fuiez.
94, v. 23, dedenz le fart.
95, v 9, la roche. — 24, toute la joie.
96, v. 3, Jà l'auras — 4, Si seras. — 21, et quant.
97, v. 5, d'autre part.
98, v. 15, l'oppose. — 16, un et respont.
101, v. 8, et si ne sai. — 9, si ce soit prous. — 11, je n'en sai.—
14, respont Meraugis. Je n'en.
103, v. 2, ne sai. — 6, ne se fust nuls. — 20, à moi à doner. —
23, qui estoit sires.
104, v. 11, la seue. — 14, por moi. — 19, *lisez :* devons *comme*
B. — 21, je la demandai. — 23, gouz. De ci et que cil mes-
dist.
105, v. 9, m'enpensai. — 18, à demain.
106, v. 4, gentile de lignage. — 16, en lui naïs. — 17, laïs. *Nous
ne saisissons pas le sens de ce mot.*
107, v. 4, poing. — 11, que je les. — 13 entierement.
108, v. 20, Sanz demorer. — 21, lors est... veez ici.
109, v. 7, ne chaut, ne voie. — 20, et que par... en ce. — 21, le
puis. . si je le...
110, v. 13, set bien. — 18. Sire, de vous me. — 19, *séparez* l'on
du mot qui suit. — 22, jà arriere
111, v 7, por ce que. — 10, toi tout le mien.
112, v. 23, loing de la champaigne.
113, v. 20, mes il n'avoit. — 23, de bel atour.
114, v. 1, foiz ou plus et lors cria. — 2, irai je par de là — 9 et
10, *manquent dans* A. — 12, de parler.
115, v. 1, por lui esbatre.
116, v. 2, en orras. — 15, je me sui. — 19, demorasse tant que.
— 20, soufrete. — 24, m'avint par ceste assise.
117, v. 14, je ne sai. — 23, *ajoutez à la suite ce vers omis :*

« Mes les letres dient merveilles. »

Mes lez la croiz, A.
118, v. 1, biau lire.
119, v. 11, des trois que tu — 13, de conseil, j'ai appris — 18,
je oi.

P. 120, v. 9, qu'ele est trop. — 10, sai bien où. — 18, *après ce vers on lit dans* A :

>   Voire à son oes qui la conquist
>   Après et en grant fet s'en mist
>   De trover, mes ne trova pas.
>   Ainsi li chevaliers le pas
>   Va chevauchant. .

Nous avons supprimé ces quatre vers, qui ne semblent donner aucun sens.

121, v. 8, si les a. — 9, Sire, Vous .... pensées. — 12, si bien haut qu'il les. — 17, salue *est répété. Nous ne comprenons pas* falue.

122, v. 5, B. por paour. — 7, si je sui. *Ajoutez après* sui je *une virgule.* Einsi en. — 25. ce qu'estre.

123, v. 1, ce me dieult. — 3, de la cité *manque dans* A. — 7, qui n'i soit. — 16, plus bel que leu. — 17, qu'il ne vont pas sovent en freu.

125, v. 2, *lisez :* ne se prent. — 6, granz d'annui.

126, v. 19, ala por eus.

128, v. 8, n'eudyviers.

129, v. 4, que li corps. — 5, sont si. — 6, car il. — 10, as espées. — 23, dont *n'est pas dans* A.

130, v. 2, le fiert en soi. — 22, et ils ont — 25, si fierent il.

131, v. 6, se dient cil. — 12. *Pour bien saisir ce passage, il faut se rappeler que Gauvain avait, à sa naissance, été doué par une fée et que sa force recommençait à croître à l'heure de midi, quelque fatigué qu'il fût auparavant.*

132, v. 1, lui sui d'ore. — 5, le doute. — 6, si lui dist.

133, v. 17, ne viegne mie à cen. — 22, de nous qui plus, — 23, outre l'autre, il estuet.

134, v. 12, et fu espouse. — 13, qu'ele en fu. — 14, et tant la veust.

135, v. 22, la dame a. — 24, et que je serai.

136, v. 5, Sire por ce te. — 8, por quoi ma force. — 14, tant se face. — 15, *lisez :* ci.

137, v. 9, et me tient. — 24, mes la tours.

138, v. 15, ne vous lo je.

139, v. 21, car il plest.

140, v. 2, oez qu'ele. — 8, si fait grant. — 14. pucele que, *lisez :* Avice. — 18, *lisez :* jusqu'en.

P. 141, v. 19, si un mot.

142, v. 6, il lui plot.

143, v. 7, si lui vienent. — 8, fu si quart.

144, v. 10, Lors dist.

145. v. 3, là s'arrestent et. — 7, se metent. — 19, l'ont acoudée.

146, v. 4, Handitou.— 5, hasterent, *supprimez l'accent*, d'entour.— 14, ceuls avala. — 16, se les conust. — 19, par la parole.

147, v. 6, ce ne fu. — 8, mesire Gauvains. — 10, à aise l'em · portent.

148, v. 9, n'oublist. — 13, où croie qui me voudrois.

149, v. 4, j'ai promise.

150, v. 10, por nous. — 18, priez, je leur. — 19, et a feofez.

151, v. 21. Diez, james. — 22, as tu riens.

152, v. 9. Lidoine a son droit.

153, v. 8, *ce vers manque dans* A.

155, v. 11, t'assaudroie. — 12, desfendroie.

156, v. 1, outre près là. — 3. illueques est. — 4, devant la tour.

157, v. 2, si s'en ala. — 25, nul qui qu'i voie goute.

159, v. 9, si faitement. — 23, sa hostesse.

160, v. 1, que s'ele. — 8, par aventure B. par pechié à nuit. — 9, B. Blechis. A. *donne* li lois *partout*.

161, v. 9, A et B à nuit. — 14, et de l'ostel.

162, droit eu palais. — 18, ele leva. — 19, et la pucele. 22, da-moisele d'errer.

164, v. 23, B. Belchis Lancais.

165, v. 16, B. rose, douce espice.

166, v. 21. terre ne honour.

167, v. 20, congié prent.

168, v. 16, mande *recommence une laisse*. — 19, tant en a mis.

169, v. 5, s'en ne lui. — 6, ma dame. — 21, i est venuz. — 25, où assemblent.

171, v. 10, si n'est largesce.

172, v. 1, je vous di. — 20, qu'il ait.

173, v. 8, onques pais n'amour.

174, v. 14, s'entr'assaillent. — 17, n'i a ne mais.

175, v. 7, cent en traversent. — 16, comme dois. B. dois. — 18, est toz li pais.

177, v. 5, B. Rapadone. — 9, *lisez* : Haudevrin, B. Hardentin.— 10, se loge Gorveinz et. — 21. com li jourz.

178, v. 5, monterent puis. — 20, est feuls. — 22, et cil nel.

P. 179, v. 4, descendent et s'esmuet. — 18, une esgarde. — 23, seur le bois.

181, v. 5, li emperères de Rome. — 13, la bataille estoit trachiée. — 15, desus la terre, B. l'arrière deuve. — 23, à ce jour là.

182. v. 2, B. estre son pois. [entrez por doute de .. — 5, A. por quoi le doute. — 19, Tout ainsi fu Monthaut.

183. v. 9, au plus qu'il onques tost. — 16. jusqu'as.

184, v. 10, revint. — 11, qu'il encontra.

185, v. 19, ne chantera. — 24, je li voi... que je ivoi.

186, v. 11, si sera ançois. — 18, la verdure que l'esté soit ore — 19, mes je vi. — 20, car par.

187, v. 7, au tref, s'en est. — 9, meslée, mult liez en. — 10, s'il pooit. — 13, et quant. — 16, Or s'en va; *ici commence une laisse.* — 17, Meraugis si com. — 19, où il s'aresta. — 20, vist hommes qui deboissoient. — 22, de la puis. — 25, où *manque dans* A.

188, v. 18, près s'en va que il ne mella. — 19. Lors est entrez, *commencement de laisse.*

189, v. 1, Tantost. — 6, celui là qui. — 9, A l'entrer. — 15, jà reverrai. — 20, n'i fui. — 22, fui en.

190, v. 3, Leopart.

191, v. 2, bien garira. Mes Maugis. — 9, sent por mal que il ait. — 10. cist ne celui ne cest fait. — 11, ne s'en sentent. — 16, entres eus. — 25, tuit sont rout.

192, v. 6, lequel feïst. — 10, Or n'i *commencement de laisse.* — 15, par toutes. — 17, cil n'ont. — 18, encore assez. — 20, que tu es. — 23, lors dist. — 24, *lisez :* Mar fus? — Qu'ele est... — 25, — Jà par nous.

193, v. 1, *lisez :* Porquoi? Je connois... — 8, touz t'en doing. — 11, te prise. — 12, comme, *le sens de ce vers nous échappe.* — 21, dis tu ton honour. — 22, plus il n'est. — 23, comme de moi.

194, v. 8, onques ne. — 13, car à Laquis.

195, v. 1, plus; mes isnele. — 6, que li. — 10, que n'i a celui qui.

196, v. 6, n'ot pas. — 12. noil n'i a. — 15. si cil n'estoit.

197, v. 3, ambedui. — 8, lui remembre. — 14, où il gisoit.

198, v. 1, a la main. — 10, qui ert eslitz. — 11, qui cousins.

199, v. 2, lui estoit. — 3, qui devoit, *séparez* qui doit, *mettez une virgule avant* ses. — 17, mes il ne. — 23, qu'il est... en cest.

P. 200, v. 2, le pis. — 4, qui a la main, *supprimez le guillemet.* — 15, ainz preus. — 24, ne m'en chaut.

201, v. 2, et si je le. — 6, proiiere.

202, v. 12, retrainte. — 22, briediz.

203, v. 14, car isnele. — 16, i ont assis. — 22, demande.

204, v. 5, qu'est ce. — 15, l'ont... mis pas quoi. — 19, Et on lui. — 21, com si.

205, *dans* A, *le vers 2 est après le* 5, ne set mes. — 4. ains la tient mot. — 15, s'ele n'en. — 23, nuls n'entent. — 25, s'il n'en garist dont n'en.

206, v. 1, qui tele paine. — 4, et lui. — 8, por qu'est il. — 16, celui de la joie que il ot. — 20, dites moi vous.

207, v. 2, car il het. — 12, si le. — 17, garrira.

208, v. 1, Donc n'a il. — 4, Qu'or la. — 5, si Diex me benoie. — 6, *partout* ço est.

209, v. 12, qu'il muest.

210, v. 6, vieuté. — 15, ainz vint o lui. — 17, là sus sont. — 21, devant le comande.

211, v. 10, veult pas que on lui.

212, v. 8, Si que les veist.

213, v. 1, Or est ele. — 15, du pasmeison. — 24, n'en voussistes. — 25, j'en cuidoie.

214, — 4, ele corps ce est noienz. — 11, tot erraument.

215, v. 1, Orendroit. Lors. — 10, *lisez :* Bel les. A. Celes deçoit. — 13, qu'il ont ambdui. — 14, s'il pense à li. — 18, *lisez :* lais. — 20, que cil trova.

216, v. 2, il l'ot. — 5, Butost. — 21, L'eaue.

218, v. 7, tu soliez. — 8, mes or es. — 12, pire recreanz. — 18, par quele novele. — 21, qui meust.

219, v. 21. Là où Lidoine. *Le sens de ce vers n'est pas clair.* — 23, et je vieng.

220, v. 15, mes il n'en.

221, v. 6, qui m'aime. — 13, et cil qui remaint.

222, v. 11, et soumonez. — 12, Monthaut ; les ascez.

223, v. 10 et 11, *le dernier hèmistiche est interverti.* — 16, Islande. — 17, jusqu'en. — 18, qui n'i vint. — 24, i ot des.

224, v. 13, toloit. — 21, et l'en mercient.

P. 225, v. 11, fu granz. — 22, *après* deffendre, *mettez une virgule.* — 23, *après* murs, *mettez point et virgule.*

227, v. 3, por tel... porté l'a en. — 14, vendra. — 15, Où la fontaine est enclose. — 16, venrai.

228, v. 1, que en ferai. — 10, d'une armes et.

229, v. 14, autre arest.

230, v. 1, Or toutes. — 19, qu'il i vindrent. — 20, Calogrevains sa lance brise...

231, v. 1, Mes li chevaliers au... — 9, resoudre. — 10, l'un va.

232, v. 16 receü. — 21, m'envoie. — 22, vée. Nel vée mie, *en supprimant* je, *vaudrait mieux.* — 24, et on lui.

233, v. 5, quant furent.

234, v. 4, à cui combatez. — v. 5 *et* 10, *supprimez les guillemets.* — 10, enquis. — 14, *lisez :* Non estes, mesire... — 15, Je suis... — 16, Si onques... — 20, Il ne me. — 23, vous vous rendez.

235, v. 8, Illuec qu'onques. — 12, Desavoée fors or. — 23, que nous l'aurons.

236, v 9, tuit l'esjoïssent. — 16, on lui metra. — 18, Por quoi que.

237, v. 14, vueil je le sien. — 19. celui en droite.

238, v. 1, crerai bien... qu'il en... — 23, jusques à.

239, v. 2, hui creüe. — 5 *vient après.* 6, ...

```
                       ... en faudroit
              Coard renoit s'il en seroit.
```

12, et cil — 14, qui les guie.

240, v. 2, qu'à l'assambler. — 7, Que homme. — 8, de venue en plain. — 22, enclos.

241, v. 2, sor els *manque.* — 4, encontroit. — 5, comme en presse devers. — 8, les servent. — 12, leur fu. — 16, les percent. — 17, les repercent. — 21, et lors s'en revet.

242, v. 13, les en a. — 14, Il firent sairement et cil.

243, v. 3, quant vous en. — 10, l'un ne semble. — 20, ne vous. 22, veoir, si je le puis veoir. — 23 *et* 24 *manquent.*

245, v. 12, paroult. — 13, toult. — 23, t'apiauls je.

246, v. 4, lais d'illuecques. — 5, et crie ..: nous traï sumes. — 12, cil qu'il mesferont. — 13, cui homme.

247, v. 17, que il n'est né qui tant me. — 19, qu'autre.

248, v. 2, mes il n'ose. — 13, *mettez virgule après* l'entent. — 14, *lisez :* verité plus n'i. — 20, ainz qu'om fust .11. leues.

P. 249, v. 6, et et Meraugis.

250, 10, despeciée.

251, v. 4, Meraugis. Quoiqu'en. — 16, et si le. — 17, Tost ala

252, v. 19, à combatre com mortials.

253, v. 1, Lors s'entrevienent...

254, v. 3, Ainz tele. — 9. m'aquitez. — 13, preignes — 23,
Einsi Meraugis.

255, v. 1, se delivre. — 5, dit, die avant.

f

IMPRIMÉ PAR D. JOUAUST

POUR LA LIBRAIRIE TROSS

PARIS, M.DCCC.LXIX.